Adieu GALINA

Collection « Lorraine en guerre »

René CHAVANNE
LE CADAVRE RÉCHAUFFÉ

Jean DENIS
LA NASSE
Les aventures d'un Lorrain, passeur et agent secret, pendant la Seconde Guerre mondiale.

Anne SCHEYER
LES QUATORZE VENDREDIS
Le calvaire du dernier village libéré de Lorraine.

ISBN 2-87692-149-9

Georges KŒSTLER

Adieu GALINA

Incorporé de force à 18 ans
dans l'armée allemande, un jeune Mosellan
découvre, sur le front russe, la souffrance,
l'horreur et l'amour

ÉDITIONS SERPENOISE

En hommage

aux 40 000 martyrs alsaciens et mosellans qui moururent sur les champs de bataille de Russie, revêtus de l'uniforme exécré de l'armée nazie ;

à mes camarades d'école de Vallérysthal incorporés de force, tous tombés loin de leur village et dont les noms figurent sur le monument aux morts de la commune ;

à Alphonse Kratz,
mon compagnon d'armes et d'infortune, rescapé de l'enfer russe ;

à ma petite-fille Emilie,
sans qui ce livre n'aurait jamais vu le jour...

Avertissement

Ces mémoires ont été écrites sans prétentions littéraires, il y a plus de trente années, dans le désert de Tanezrouft. Elles sont restées enfermées très longtemps au fond de ma vieille cantine militaire. Elles retracent dans le fond, sinon dans la forme, l'équipée d'un groupe de soldats de nationalité et de mentalité différentes, plongés dans la même galère, luttant pour leur survie, avec des motifs différents dans un contexte où l'horreur et le dégoût le disputaient à la haine, mais aussi à la peur.

Les noms et prénoms de tous les personnages, à l'exception de celui de Galina, et certains noms de lieux sont fictifs.

Le pseudonyme de « Joul » correspond à la prononciation en patois alsacien-lorrain du prénom « Jules » et ne saurait en aucun cas avoir une analogie quelconque avec le nom de personnes existantes ou ayant existé.

Le seul prénom véritable, qui me tient le plus à cœur et que j'ai tenu à conserver, est celui de Galina, fille de la taïga, qui n'hésita pas à se sacrifier pour tenter de sauver la vie d'un Malgré-Nous, gamin de Lorraine perdu dans l'immensité de l'univers russe et plongé dans un terrible dilemme.

Encore une fois, Adieu, Galina ; malgré eux, nous avons partagé quelques heures de bonheur dans un univers de folie furieuse. Puissent les générations futures ne plus jamais connaître de tels maux, indignes de la race humaine, puisse l'homme dépasser les conflits qui sans cesse germent aux quatre coins de la terre, afin de donner au mot « paix » une signification véritable et universelle.

Cinquante ans ont passé...

Quant à moi, jamais je ne pourrai oublier. Un jour peut-être, mon fils, lui, pourra pardonner...

1992. Il y a cinquante ans déjà. Un demi-siècle.

Qui se souvient encore de la tragique aventure vécue par ceux que, plus tard, on a surnommés les « Malgré-nous » ? Dans plusieurs villages d'Alsace et de Moselle, une simple plaque, dont le temps et les intempéries ont souvent déjà effacé les caractères, perpétue leur souvenir sur le monument aux morts. On n'a pas toujours jugé bon de graver leurs noms à la suite de ceux de leurs pères et grands-pères qui pourtant, dans le même contexte, avaient été obligés de suivre le même chemin qu'eux. Ceux qui sont morts — et ils furent quarante mille, la valeur de trente régiments actuels — gisent le long des chemins creux d'Ukraine, dans la plaine de Koursk, dans les marais du Volchow, le long des fleuves Volga et Dniepr. Leurs pauvres carcasses éparpillées du nord au sud de la Russie, broyées par les obus, écrasées sous les chenilles des T34, éventrées par des partisans sanguinaires, gelées au coin d'un bois ou desséchées au soleil, sont restées la plupart du temps sans sépulture ; leurs ossements se sont mêlés à ceux de leurs maîtres de l'époque. Personne, jamais, n'ira déposer une fleur sur le lieu de leur supplice. Il ne reste plus la moindre trace de leur calvaire.

Oui, ils furent plus de cent trente mille Français d'origine et de souche qui vibraient quelques années avant leur incorporation forcée, aux accents de la Marseillaise et au Chant du Départ, à l'école de leur village. Ils n'avaient pour la plupart guère plus de dix-sept ans, ces jeunes parias qui, craignant pour leurs parents menacés, partirent vers leur destin, obligés de hurler et de tuer avec les loups. Avec l'énergie du désespoir, ils se battirent pour sauver leur peau, contre un ennemi qui n'était pas le leur, sans oser revendiquer la moindre parcelle de gloire. Ils avaient juste le droit de mourir, non pour la France, encore moins pour l'Allemagne : ils mouraient pour éviter la déportation à leurs parents. Quelques-uns parvinrent à déserter. D'autres furent faits prisonniers avec leurs unités qui s'étaient rendues pour retomber sous le joug de leurs « libérateurs », en faisant la sinistre expérience du camp de Tambow. D'autres se mutilèrent volontairement, bravant les officiers et les médecins du régime nazi. Plusieurs dizaines de milliers d'entre eux furent blessés et gardent aujourd'hui encore des séquelles, graves pour certains, de leurs meurtrissures. Beaucoup, bravant toutes les interdictions et menaces, tentèrent la fuite vers la France, furent repris et durent subir l'horreur des camps de concentration, où la plupart moururent. Ceux qui en réchappèrent restèrent estropiés pour la vie.

Mais hélas ! mille fois hélas ! Pourquoi leur image déjà quelque peu ternie par le port infamant de l'uniforme allemand, dut-elle encore être flétrie par la présence dans un petit village du Limousin d'une poignée de jeunes Alsaciens incorporés de force ?

10 juin 1944. Les Alliés venaient de débarquer en Normandie. La libération du territoire français était inéluctable. Ce jour-là, la tragédie a pour nom Oradour-sur-Glane. Six cent quarante-deux hommes, femmes et enfants furent odieusement massacrés par les nazis. Une dizaine de jeunes Alsaciens incorporés de force étaient présents alors qu'ils auraient pu tromper la vigilance de leurs maîtres et déserter. Pour eux, il n'y avait ni Dniepr, ni Dniestr, ni Carpathes à traverser et leur présence à Oradour ne se justifiait plus à ce moment-là. Pendant un certain temps, la France entière eut les yeux braqués vers l'Alsace. Le mauvais œil se porta sur les « Malgré-nous », incorporés de force sans distinction. Un procès sans conclusion véritable rouvrit les blessures à peine cicatrisées des milliers de jeunes d'Alsace et de Lorraine, qui se trouvèrent ainsi replongés dans l'atrocité de leur tragédie. L'auteur de ces lignes, alors sous l'aride soleil des tropiques, se revit pour un instant perdu au milieu d'une tempête de neige, dans le froid glacial de l'hiver russe, soumis à l'effroyable déluge de fer et de feu des canons et des chars de l'Armée rouge. Son cœur se serra au souvenir de son ami Claus le Sarrois, qui détruisit à bout portant un char T34 russe sur le point de les écraser tous deux dans leur trou, et qui mourut quelques minutes après. Il revit comme dans un rêve son chef de section d'alors, le lieutenant Ruhmer, officier issu du rang, qui lui sauva la vie ; il avait toujours formellement proscrit toute malveillance envers une femme, un vieillard ou un enfant et interdit impérativement toute destruction ou incendie de maison. Bien qu'Allemand de souche, il n'avait rien à

voir avec les sbires S.S. de Hitler qui sévirent à Oradour. C'était un homme honnête, courageux et droit. Cela aussi devait être dit, afin que nous sachions moduler notre jugement dans un souci de justice et d'objectivité.

Comme dans un mirage, il reverra encore cinquante ans après, le beau et doux visage de cette splendide Lituanienne aux cheveux d'or qui tenta de l'arracher à son destin d'alors et qui mourut elle aussi un matin de septembre 1943, si près du but qu'elle s'était farouchement assigné. Personne, non plus, ne déposera jamais la moindre fleur sur sa tombe dans ce petit cimetière d'Ukraine où repose à jamais Galina, victime du nazisme et du bolchevisme réunis.

Pitoyable anecdote : dans un petit village de Moselle dont je visitais le cimetière, après la guerre, j'aperçus bien en vue sur le caveau familial, appartenant à des gens que je connaissais bien, mais où ne reposait encore personne, l'épitaphe suivante, libellée en allemand :

A notre fils P., tombé pour ses parents

P. était mort alors que l'occupant était encore présent, et les parents de P. avaient voulu défier les Allemands par cette inscription qui résumait fidèlement leur peine, leur malheur, l'hommage à leur fils et leur état d'esprit. Les parents disparurent à leur tour et, avec eux, la plaque et le souvenir de P.

Les descendants ne daignèrent point laisser en place cette inscription, effaçant du même coup la mémoire d'un Malgré-nous qui alla rejoindre dans l'anonymat ses quarante mille camarades engloutis dans la lointaine terre russe.

Soldat de la grande Allemagne

Le train de la honte

18 octobre 1942. Journée néfaste pour la classe 1944 d'Alsace et de Moselle. Ils étaient encore des gamins entre 17 et 18 ans, nourris de culture française, à peine sortis de l'école où on leur avait appris l'amour de la patrie, de leur patrie : la France.

Mais hélas, cette patrie venait d'être piétinée par les bottes nazies et avait à sa tête le triomphateur d'une autre guerre, vénéré en tant que vainqueur de Verdun, vieillard aujourd'hui sénile, soumis avec son gouvernement, au régime hitlérien. Les ignobles *Gauleiters* [1] Burckel et Wagner avaient mis conjointement leurs funestes projets à exécution : incorporer la jeunesse alsacienne et mosellane dans l'armée allemande, sans qu'un traité de paix eût été signé avec la France.

De faibles protestations pour la forme s'étaient bien fait entendre par Pétain, mais Laval avait trouvé cette situation conforme aux règles du moment. Trahis par l'Etat français, désespérés par leur impuis-

1. Chefs de province.

sance, menacés par la déportation de leurs familles et le sort sinistre réservé aux récalcitrants, ils avaient obtempéré, la rage au cœur. Ils avaient dû courber l'échine, se sacrifiant pour sauver leurs familles, partagés entre la dignité et l'humiliation.

Ils étaient deux cents ce 18 octobre 1942. Deux cents jeunes de la région de Sarrebourg qui venaient d'être incorporés. Les familles les avaient accompagnés à la gare ; les mères pleuraient, les pères serraient les poings, désarmés, dissimulant mal leur colère. Une dizaine de gendarmes arpentaient les quais, pressant les recrues à l'embarquement. Le train devait partir pour midi. Quand le sifflet de la locomotive retentit, des dizaines de drapeaux français fleurirent aux fenêtres. Le convoi ne quitta pas le quai. Tous les signaux d'alarme avaient bloqué les wagons. C'est à ce moment et sans concertation aucune que la Marseillaise retentit, entonnée par Joul et reprise en chœur par tous les occupants des voitures. Puis ils chantèrent à perdre haleine « Vous n'aurez pas l'Alsace et la Lorraine ». Sur l'embarcadère, un vieil homme tenait par la main une femme en pleurs. Sur ses joues perlaient deux grosses larmes. Ses lèvres marmonnaient les paroles que chantaient les jeunes. C'était le père de Joul, un homme âgé de soixante-trois ans et qui avait connu les affres de la guerre 1914-1918. Les gendarmes se démenaient pour faire fermer les fenêtres des wagons sous les quolibets des incorporés, soutenus par les parents. En désespoir de cause, ils firent évacuer les familles hors des quais. Les chants, déjà ardents, reprirent de plus belle.

Une équipe d'employés fut mise en place pour neutraliser les systèmes des signaux d'alarme. On ne sut point s'ils le firent exprès ou si ce fut un oubli, mais ils omirent d'en supprimer un. Et le train se mit en marche. Il n'alla pas loin, les jeunes ayant vite fait de découvrir la combine. On fit revenir les ouvriers et, cette fois, tout le procédé de freinage fut définitivement mis hors service. Entre-temps, quatre hommes en manteaux de cuir noir, encadrés par les gendarmes, armes à la hanche, firent irruption dans les wagons. C'étaient les sbires de la Gestapo, organisation si redoutée des Alsaciens-Lorrains. Ils commencèrent par relever tous les noms des occupants du train en posant invariablement la même question à tous : « Qui a commencé à chanter la Marseillaise ? » Invariablement aussi, et sans hésitation, ils répondirent tous : « Ensemble, personne n'a donné le ton. » Les chants s'étaient tus tandis que le train roulait ; puis ce fut l'arrivée à Sarreguemines, où attendait un autre détachement de jeunes appelés. Sur le quai, ces derniers menaient un tintamarre étourdissant où se mélangeaient la Marseillaise, le Chant du Départ et « Vous n'aurez pas l'Alsace et la Lorraine ». Là aussi, un détachement de gendarmes assez important mit fin au défoulement effréné des jeunes qui durent assister à une scène assez pénible : la Gestapo emmenait, escortés par une équipe de gendarmes, une dizaine de recrues, menottes aux mains, vers la sortie des quais et vraisemblablement vers des camps de rééducation. Cela suffit à refroidir l'assistance et à freiner l'ardeur de tous ces incorporés de force qui partaient comme des animaux, paralysés par la peur, vers les champs de bataille de la Wehrmacht.

Le funeste convoi s'ébranla à nouveau et arriva en gare de Wittlich, ville où devaient se dérouler les classes des recrues. Ils entrèrent dans la caserne sous l'œil goguenard des soldats allemands et des sous-officiers qui allaient pouvoir assouvir leur sadisme sur cette viande de boucherie toute fraîche, d'autant plus que les échos du départ et des manifestations hostiles envers l'Allemagne qui avaient accompagné leur expédition les avaient déjà précédés. Toutefois ils se mirent tous d'accord pour faire semblant d'ignorer et de ne pas comprendre la langue germanique. Au service d'habillement, ils ne répondirent pas lorsqu'on leur demanda leur taille ou leur pointure ; aussi reçurent-ils au petit bonheur la chance les équipements militaires. On leur octroya les uniformes et tout le fourniment au grand dam du sous-officier responsable qui écumait de rage. C'est dans un accoutrement assez bizarre — certains marchaient pieds nus, car on leur avait attribué des bottes trop petites — qu' ils furent présentés au capitaine commandant la compagnie d'instruction. Celui-ci entra dans une colère terrible, menaçant de la compagnie disciplinaire tout le contingent d'Alsaciens-Lorrains. Puis il ordonna à ses gradés d'organiser une séance spéciale qui devait amener à la raison ces réfractaires. Le résultat fut un innommable imbroglio qui se termina dans le désordre le plus complet. Les recrues refusaient obstinément de comprendre les ordres reçus, courant en tous sens, se bousculant, parfois volontairement, contredisant les instructions par une obstruction intégrale. Le capitaine fit cesser la scène et ordonna à ses sbires d'instituer une heure d'étude de la langue allemande, de 19 à 20 heures, chaque soir, jusqu'à assimilation totale du vocabulaire militaire allemand.

L'instruction se poursuivit. Les séances de tir en constituèrent l'épisode le plus cocasse. Tous les Alsaciens et les Lorrains s'étaient mis d'accord pour ne point marquer d'impacts dans les cibles ou alors pour tirer dans les cibles voisines. Cela avait pour résultat de rendre les gradés enragés, et les punitions et brimades pleuvaient sur la tête de ces « cochons de Français, qui ne voulaient rien comprendre ». Au cours des divers exercices, les Alsaciens et les Lorrains étaient soumis à toutes sortes de vexations et de tourments. Humiliés et anéantis, ils s'écroulaient sur leurs lits après les cours du soir. La fatigue finit par avoir raison de leur obstination et, vers la fin des classes, ils se trouvèrent totalement domptés et réduits à l'impuissance, brisés et accablés par l'épuisement physique. Joul comptabilisa le nombre de « pompes » auxquelles ils furent soumis en ces deux mois ; à raison d'une cinquantaine par jour, ils en avaient effectué plus de mille !

Un jour, au rapport, l'adjudant demanda pour le lendemain matin des volontaires pour l'Afrika Korps. Joul fit le tour des chambrées et contacta tous les Alsaciens et les Lorrains afin que ces derniers se portent volontaires. C'était une occasion d'échapper au front russe ; c'était aussi la possibilité de déserter plus facilement. Là-bas il y avait des Français et des Anglais qui se battaient contre Rommel. Les sujets allemands manifestaient peu d'enthousiasme pour servir en Afrique. Aussi le lendemain, tous les Alsaciens-Lorrains, sauf un, sortirent des rangs pour se présenter. C'est alors que l'on entendit un concert d'injures, d'imprécations et d'hurlements proférés par l'adjudant ; celui-ci avait certainement été averti par l'Alsacien de la région de Saverne qui s'était récusé au dernier moment. Il n'avait pas fait bloc avec ses camarades et les avait délibérément trahis. Joul, considéré comme l'instigateur de l'incident, fut emmené, escorté par deux caporaux et enfermé au cachot de la prison du camp. Pour lui, les classes étaient terminées et il resta dix jours au pain sec et à l'eau. Oui, cela existait encore à cette époque ! Il fut extrait de sa geôle la veille de la présentation au drapeau et de la prestation de serment qui en découlait.

Les recrues devaient répéter le texte que quatre hommes, la main levée sur l'étendard, étaient en train de réciter : « Je jure obéissance absolue au Führer de la Grande Allemagne, une fidélité totale au peuple allemand. Je jure d'obéir sans réticence aux ordres des chefs nommés par le Führer, ... etc. » Pendant tout ce cérémonial, Joul garda obstinément les lèvres closes. D'autres incorporés de force prononcèrent les paroles en ajoutant en sourdine les *pas :* « Je ne jure *pas.* » Beaucoup d'autres mimèrent les paroles sans formuler le serment. La cérémonie terminée, une importante équipe d'Alsaciens et de Lorrains fut convoquée dans une salle à part, par le colonel commandant le régiment en présence de tous les officiers et sous-officiers de l'unité. Joul les compta : ils étaient vingt en tout, vraisemblablement les plus récalcitrants (et les plus fortes têtes). Un jeune officier, en tenue noire, les insignes SS ornant les revers de son col de vareuse, portant l'insigne de chevalier de la croix de fer autour du cou, fit son entrée dans la salle. Il commença son discours : « Messieurs, la France vous a abandonnés, notre Führer bien-aimé a bien voulu vous recevoir dans le sein de la patrie retrouvée. Vous bénéficiez de sa grande générosité, mais vous êtes aussi astreints aux lois qui régissent notre peuple. Je crois savoir que beaucoup d'entre vous ont une folle envie de déserter et de trahir. Vous allez partir en permission. S'il prenait l'envie à certains d'entre vous de ne point rejoindre le lieu de rassemblement indiqué sur votre ordre de mission à l'issue de cette permission, la loi du peuple allemand serait appliquée dans toute sa rigueur : c'est-à-dire que tout déserteur repris sera immédiatement passé par les armes, conformément au code de justice militaire et aux règles de légalité d'un pays en guerre. En attendant, les parents des traîtres seront transférés dans les camps de rééducation pour n'avoir pas su inculquer à leurs enfants félons la droiture et la dignité incombant à tout sujet allemand. » L'homme en noir continua encore ses menaces de chantage et ses intimidations pendant près d'une demi-heure. A la fin, il entonna le chant du parti nazi que les jeunes Alsaciens-Lorrains étaient censés devoir reprendre en chœur. Seuls les officiers et sous-officiers présents firent chorus. Aucun son ne sortit des lèvres des incorporés de force. Joul s'en rendit compte et jubilait intérieurement. C'était déjà un commencement de résistance. Le SS, furieux, fulmina encore de menaçantes prédictions, puis dépité quitta la salle. Les permissionnaires prirent le train pour rejoindre leurs provinces d'origine. Arrivés à Strasbourg et après s'être longuement concertés sur les projets futurs et leurs éventuelles conséquences, les Alsaciens quittèrent leurs amis Lorrains sans avoir pu prendre des résolutions communes. Cette inquiétante et sinistre menace qui planait sur le sort réservé aux parents en cas de désertion les rendait tous affreusement perplexes.

C'est ainsi qu'ils repartirent, après concertations avec la famille, les amis, les autorités qu'ils consultèrent, et qui ne pouvaient que prôner la prudence. Les journaux locaux s'étaient mis aussi de la partie et Burckel, cet infâme individu, avait également proféré les pires menaces envers les traîtres et renégats éventuels, ainsi qu'envers leurs familles. Ils partirent donc, à l'exception de quelques-uns, orphelins certains, d'autres encouragés par leurs parents qui se sacrifiaient pour leur liberté. Mais la plupart obtempérèrent aux ordres et se dévouèrent pour leurs proches. C'était ainsi en Alsace-Lorraine ; il n'y avait guère d'autre choix pour ces jeunes, abandonnés de tous, acculés à un dilemme sans issue, ne sachant plus à quel saint se vouer. Alors ils rejoignirent les lieux de rassemblement prescrits sur leur ordre de mission, l'âme en peine et la tristesse au cœur. Joul devait rejoindre Berlin où se trouvait son centre de ralliement. A chaque arrêt de train et à travers toute l'Allemagne, des recrues allemandes montaient dans le convoi. Ces derniers menaient un chahut invraisemblable, chantant et hurlant des chansons à la gloire de leur Führer. Les Alsaciens-Lorrains pouvaient facilement se reconnaître entre eux. Ils se taisaient, ne chantaient plus la Marseillaise ni le Chant du Départ. Ils restaient muets et dépités dans leur coin, offusqués et humiliés, moralement anéantis et définitivement matés. Les menaces avaient eu raison de leur intransigeance. Mais ce qu'ils ne savaient pas encore, c'est qu'un sur trois parmi eux ne reverrait jamais plus son pays natal.

Arrivés à Berlin, ils furent dirigés vers une caserne où on les dota d'un équipement de guerre et d'une arme.

Un interminable convoi militaire leur fit prendre le chemin de la Russie. Les recrues allemandes hurlaient toujours leurs chants guerriers. Eux non plus ne se doutaient point de ce qui les attendait, mais ils chantaient. Dans ce train Joul avait retrouvé son ami Phons, de la région de Sarreguemines, Kamil, d'un village voisin du sien, Jean, de Sarrebourg, ainsi qu'un Luxembourgeois qui avait également été incorporé de force. Tous les cinq, affectés au même régiment, ne se quittèrent plus. A Varsovie, la moitié de l'effectif fut autorisée à se rendre en ville.

Les cinq copains eurent la chance de pouvoir sortir ensemble. Ils déambulèrent dans les rues de la ville et tombèrent sur un foyer militaire proche de la gare et tout près du Ghetto juif dont l'entrée était interdite à la troupe. Ce foyer voisinait avec un B.M.C [2], immense bâtiment où les soldats descendant ou remontant au front venaient se défouler pour quelques instants auprès des filles de joie de toutes nationalités qui occupaient les lieux. Un peu par défi, mais aussi poussés par une curiosité quelque peu licencieuse (ils avaient dix-huit ans), ils se rendirent dans ce second établissement où régnait une atmosphère de folie érotique dont jusqu'alors, ils n'avaient encore point eu connaissance. Des cris, des rires fusaient de partout. Les filles tournoyaient en tenues légères dans les bras des soldats.

C'est alors que les regards des cinq camarades furent attirés par la silhouette d'une toute jeune fille, assise sur une marche d'escalier menant aux chambres. Elle pleurait et ne prenait pas part aux réjouissances des autres filles. Les soldats semblaient l'ignorer. Qu'avaient-ils à faire avec une fille pleurnicharde dans ce milieu où tout le monde se trouvait là pour se payer du bon temps ? Intrigués, Paul, le Luxembour-

2. Bordel militaire de campagne.

geois, qui semblait plus déluré que ses amis, se dirigea vers la jeune fille et entreprit la conversation. Il prit un ticket auprès de la mère maquerelle et réserva son tour pour monter avec la demoiselle. Mais d'abord, il vint raconter à ses compagnons ce qu'il avait pu tirer comme renseignements sur cette fille. Elle se trouvait là depuis le matin même. Elle était juive et avait été surprise en dehors du ghetto par une patrouille allemande, or les juifs n'avaient pas le droit de quitter le ghetto. Elle avait immédiatement été dirigée vers le bordel où on l'avait tatouée dans la matinée, pour être livrée en pâture à la soldatesque.

Le Luxembourgeois l'avait mise en confiance en lui faisant savoir qu'il n'était pas allemand et qu'il se trouvait être en compagnie de quatre jeunes gens dans le même cas que lui. La jeune fille parlait correctement l'allemand et lui demanda de l'aider à sortir de l'impasse dans laquelle elle se trouvait. Paul monta dans la chambre de la jeune fille et insista pour que ses amis prennent tour à tour un ticket pour monter avec elle, ceci afin qu'aucun Allemand ne puisse la solliciter. La mère maquerelle se réjouissait de voir que sa jeune et nouvelle protégée fasse l'objet de tant de sollicitude, car il faut l'avouer, Hanna, c'était le nom de la jeune fille, n'avait rien d'une beauté. Elle était plutôt laide. Mais Paul l'avait prise en pitié et ses camarades partageaient son sentiment. Pour donner le change, ils montèrent l'un après l'autre dans la chambre de Hanna, sans la toucher. Pendant ce temps, le Luxembourgeois s'était rendu à bord du train et avait volé une tenue complète de militaire allemand à un soldat qui dormait dans un wagon du convoi. Joul écouta les confidences de la jeune fille avec beaucoup d'intérêt et, quand elle entrouvrit son corsage pour lui montrer ce qu'on lui avait fait, il fut pris d'un élan de pitié. Sur chaque sein, ils avaient tatoué en lettres de dix centimètres de hauteur, les caractères en majuscules F.H. [3]. Joul embrassa la pauvre gosse qui n'avait que seize ans et promit, comme tous ses amis l'avaient fait, de lui venir en aide. Paul revint, bizarrement attifé : il avait revêtu l'uniforme volé sur le sien propre et portait à la main un paquet qui contenait des bottes. Il sollicita un nouveau ticket pour monter chez Hanna et s'entendit dire par la matrone : « Toi, tu as trouvé chaussure à ton pied et tu ramènes un cadeau à ta dulcinée ; tu sais, tu as de la chance, elle n'est là que depuis ce matin et d'après ce que je sais, c'est une jeune vierge, tu devrais pour ça payer double tarif. » Paul rit de tout cœur à la perspective du bon tour qu'il était en train de préparer. Il monta donc auprès de Hanna et, quelques instants plus tard, on vit Paul, précédé d'un autre soldat, dévaler les escaliers qui donnaient accès aux chambres des prostituées, et où régnait un va-et-vient incessant.

Les cinq copains, auxquels s'était ajouté un sixième compère — en l'occurrence Hanna déguisée — quittèrent ce lieu de débauche et se dirigèrent vers les murs du ghetto. Hanna dirigeait le groupe, affublée de la tenue de soldat volée par Paul. Ils croisèrent une patrouille sans anicroche. Seuls les militaires avaient le droit de circuler la nuit après le couvre-feu imposé à la population civile. Ils arrivèrent au bord d'un chemin bordé d'arbres. Longeant le mur du ghetto, Hanna désigna une grosse plaque de béton

3. F.H. *Feld Hure* = Putain de campagne.

que les cinq amis soulevèrent, dégageant une bouche d'égout dans laquelle la jeune fille s'engouffra non sans avoir serré très fort dans ses bras ses sauveteurs. Au fond de son trou, elle se débarrassa de son uniforme, jeta un dernier regard à ces inconnus qui lui avaient épargné de dures épreuves, puis elle disparut. Les cinq collègues remirent la plaque de béton en place et regagnèrent leur train, heureux et fiers de leur exploit et du bon tour qu'ils venaient de jouer à l'administration allemande. Mais par ironie du sort, la tenue que Paul avait dérobée appartenait à un jeune Alsacien du convoi. Le Luxembourgeois, ne pouvant éventer les raisons de son larcin, se débrouilla pour retrouver des vêtements à leur malheureux collègue. Paul ne manquait pas d'allure, par son courage, son aplomb et son aisance. Les cinq copains eurent encore l'occasion de sortir en ville avant que le train ne redémarre. Ils évitèrent soigneusement le foyer et ses environs, dirigeant leurs promenades à l'opposé du lieu de leur exploit.

Le convoi reprit sa route le troisième jour, traversa Vilna, en Lituanie, remonta sur Tallin en Estonie, puis s'arrêta à Gatchina en Russie, déversant à chaque arrêt un certain nombre de recrues qui devaient rejoindre leurs régiments respectifs. Les cinq camarades eurent connaissance de leur unité d'affectation à Gatchina : le 287e régiment de grenadiers qui assurait le verrouillage devant Léningrad.

Devant Leningrad

De Gatchina, le détachement du 287e prit la route pour s'installer à M'ga, P.C. du régiment, où ils firent connaissance avec l'assourdissant « canardage » de l'artillerie allemande, pilonnant la ville martyre de Léningrad. La peur commença à s'installer au sein du petit groupe, le froid pénétra leurs tenues légères et les pétrifia brutalement. On était en janvier et l'hiver russe était présent dans toute sa rigueur et froidure. A peine s'en étaient-ils aperçus que déjà ils subissaient les affres et les morsures du vent glacial qui balayait la plaine et les alentours. Un détachement de sous-officiers et quelques anciens encadrèrent le groupe d'une quarantaine de recrues vers leurs compagnies respectives. Joul, Phons et Kamil furent affectés à la même unité, tandis que Jean et le Luxembourgeois étaient dirigés sur une compagnie voisine. La nuit était claire, un épais manteau de neige couvrait la campagne. Un froid glacial transperçait les corps sans défense des jeunes, tandis que leur escorte, protégée par des tenues plus appropriées, semblait ne pas trop souffrir de cet état de chose.

Le petit groupe, dont faisait partie Joul et ses deux copains, longeait une piste neigeuse et se dirigeait vers le P.C. de la compagnie, lorsque, tout à coup, ils distinguèrent dans le clair de lune une silhouette noire se découpant dans la blancheur environnante. C'était un soldat russe semblant accroupi, mais qui en réalité était mort, faisant bloc avec la glace dans laquelle il était figé. Il était là, tenant encore dans ses mains un vieux fusil rouillé. La piste, qui devait aller tout droit, formait autour du cadavre un demi-cercle, comme si on avait voulu l'éviter. Un ancien déclara que c'était leur mascotte et qu'ils l'avaient baptisé Ivan. A ce moment, une jeune recrue allemande s'avança vers le mort et lui envoya un grand coup de botte dans le visage. La réaction du sous-officier qui commandait l'escorte ne se fit pas attendre : il asséna à l'agresseur une sérieuse correction qui l'étendit le nez dans la neige. « On verra si tu seras aussi courageux en arrivant dans la tranchée ! » hurla-t-il à l'adresse du fier-à-bras qui n'en menait pas large. Ils arrivèrent enfin dans une forêt de bouleaux où se trouvait le P.C. de la compagnie et furent reçus par un capitaine qui leur souhaita la bienvenue. En guise de bienvenue, c'était la galère qui commençait pour les incorporés de force. Déjà on percevait, pas très loin, le bruit des explosions et de la mitraille.

Le lendemain matin, les recrues, après une nuit passée dans des baraquements camouflés sous les arbres, perçurent un équipement et un paquetage de combat, la dotation de munitions réglementaires et des grenades à mains. Joul, Phons et Kamil restèrent ensemble et eurent la bonne surprise (si l'on peut dire) d'être affectés au même groupe de combat. Ils eurent le temps de voir les installations de la base arrière de la compagnie. Quelques camions masqués dans les sous-bois, une roulante, quelques chevaux qui broutaient ce qu'ils trouvaient en grattant la neige de leur sabots, le blockhaus du capitaine, deux abris pour le personnel de l'arrière et des charrettes servant au transport de la soupe et des munitions.

Le soir, ils quittèrent le P.C. de la compagnie en suivant le chemin qu'empruntait le chariot de ravitaillement, tiré par deux chevaux. Ils arrivèrent dans la zone des tranchées en même temps que la corvée de soupe qui apportait le repas aux combattants des premières lignes. Parvenus aux abords des derniers abris, ils aperçurent avec une certaine appréhension les premiers jeux des ricochets des balles traçantes qui montaient dans le ciel avec un sifflement déchirant. Un ballet de fumerolles, ressemblant à un feu d'artifice, animait tout le secteur. Ils furent brutalement précipités par le sergent accompagnateur au fond d'un trou qu'ils n'avaient pas remarqué pendant qu'une explosion assez violente se faisait entendre à proximité. Ils n'avaient pas entendu le chuintement plaintif de l'arrivée d'un obus de mortier et se trouvèrent au bas d'un escalier de bois, empêtrés les uns dans les autres. Une porte s'ouvrit et dans une semi-obscurité, des visages hilares apparurent. Des rires goguenards et des remarques sarcastiques accompagnèrent leur arrivée dans le monde des combattants de première ligne du Grand Reich Allemand.

« D'où venez-vous ? Ce n'est pas maintenant qu'il faut ramper, ce ne seront pas les occasions qui vous manqueront par la suite. » Phons, vexé comme ses camarades de cette réception, répondit avec aplomb : « Nous venons de France, plus précisément d'Alsace-Lorraine, nous avons été incorporés de force pour aider l'Allemagne à gagner la guerre. » Ces paroles furent accueillies par un tollé général des occupants de l'abri. « Des Français ? ça c'est un comble ! Tout est foutu maintenant. Si vous courez aussi vite que vos camarades de 40, alors pour nous la guerre est perdue ! »

Dès le premier abord, ils ne s'étaient donc pas fait des amis, mais leur dignité était préservée face à l'arrogance de ces soudards. Le ton se calma peu à peu et un lit de camp leur fut attribué pour passer leur première nuit de guerre. Un homme d'un certain âge, que tout le bloc appelait « le vieux », s'enquit plus gentiment de leur sort. Il était poméranien, parlait le russe, et leur donna quelques conseils avisés pour leur séjour au front. On les laissa tranquilles pour cette première nuit. Le lendemain, Joul fut désigné de garde et, pour ce premier tour, fut accompagné par « le vieux » qui lui expliqua les positions et la composition des éléments de la compagnie. C'est ainsi que Joul apprit que cette unité était composée de Tchèques, de Sudètes, de Poméraniens, d'Autrichiens, de Croates et d'anciens repris de justice qui s'étaient engagés pour échapper à la relégation. Il y avait même un type assez basané à la compagnie qui portait sur son uniforme l'insigne d'or des Jeunesses Hitlériennes et dont il fallait se méfier. L'intéressé ne saluait que par le salut nazi. Il racontait partout que sa mère avait été violée par un Sénégalais de l'armée d'occupation française en 1923. Et maintenant, avec les trois Français, c'était devenu une espèce de Légion étrangère où la vie ne serait pas facile tous les jours.

La position se situait le long d'une voie ferrée en remblai et les lignes russes étaient assez éloignées des emplacements de combats allemands. « Une position tranquille » déclarait « le vieux ». Effectivement, ce n'était pas Verdun, pas encore, et à part quelques rafales de mitrailleuses lourdes et quelques explosions sporadiques de mortiers, la situation n'avait rien d'alarmant de prime abord. Mais, pendant toute la journée et par la suite, toutes les nuits, de violentes détonations et des vrombissements assourdissants passaient par-dessus les positions. C'était l'artillerie lourde allemande qui pilonnait sans interruption la ville de Léningrad. Il faisait très froid, mais les tenues matelassées que les hommes portaient par-dessus leurs uniformes protégeaient assez bien contre les morsures de l'hiver russe, qui cette année, était bien moins rigoureux que l'année précédente selon les dires du « vieux ». C'était aussi la pleine époque de l'aurore boréale où le soleil se couchait à 2 heures du matin pour réapparaître à 5 heures. Joul apprit bien des choses en compagnie de l'ancien et échangeait avec Phons et Kamil toutes ces informations récoltées. Il arriva une nuit où Phons et Joul furent de garde ensemble. Ils échafaudèrent un plan d'évasion qui s'avéra irréalisable, puis un projet de mutilation volontaire réciproque qui leur parut également difficile à mettre en œuvre. Ils maudissaient le sort qui s'était acharné sur eux. Toutes les conversations étaient axées sur cette désertion hypothétique ou la mutilation, peu envisageable dans le contexte du moment. Mais cela était devenu une vraie obsession.

Une nuit, une patrouille qui s'était enfoncée dans les lignes russes rapporta qu'à un kilomètre de là, caché par un rideau d'arbres, circulait tous les jours un train d'*Ivans*, amenant au front ravitaillement et munitions. Quelques jours plus tard, il arriva un détachement du génie avec lance-flammes et bengalores. Puis un ordre d'attaque parvint. Il s'agissait d'aller détruire ce nœud ferroviaire et d'occuper les lignes russes. Une préparation d'artillerie devait précéder l'assaut. Aux premières lueurs d'une matinée glaciale, le ciel et la terre s'embrasèrent à l'unisson. Toutes les pièces d'artillerie concentraient leur force sur les tranchées d'en face. Le vacarme était angoissant et terrifiant. Une escadrille de *Stukas* se mit également de la partie et ses bombardements en piqué, précédés d'un hurlement de sirène effarant, ajoutèrent encore à l'ampleur du spectacle. La riposte des Russes fut relativement modérée. Ecrasés sous les obus et les bombes, ils devaient subir un terrible calvaire. La 2e compagnie, à laquelle appartenaient les trois Lorrains, fut placée en deuxième échelon et ne participa pas directement à l'assaut. Lorsque les Allemands prirent position dans les tranchées russes, Joul fut désigné pour accompagner l'aumônier qui devait administrer ses derniers réconforts aux blessés et mourants allemands. Il était suivi d'une équipe de nettoyeurs de tranchées dont la tâche était la plus ignoble que l'on puisse imaginer. L'aumônier, par-dessus son uniforme d'officier allemand, portait une étole blanche sur laquelle ballotait une grande croix noire. Au détour d'une tranchée, un blessé russe, homme d'un certain âge, était accroupi dans une mare de sang, les deux jambes fracassées. Il vit le prêtre, leva vers lui ses deux bras et marmonna entre ses dents ce qui semblait être une prière, fit un signe de croix et, dans un effort surhumain, enlaça les bottes de l'aumônier qui passait à sa portée. Ce dernier, sans un regard pour le malheureux, s'arracha brutalement des bras qui enserraient ses jambes et continua son chemin. Joul jeta vers le pauvre miséreux un regard de pitié et de compassion, quand, derrière lui, une rafale de mitraillette le fit sursauter. C'était l'un de ces damnés tueurs qui venait de mettre fin aux souffrances du pauvre blessé. « Salopard » hurla Joul très fort. Alors le prêtre se retourna vers lui et lui dit : « Ne blasphème pas, mon fils, et n'insulte point un valeureux soldat de l'armée allemande qui vient de débarrasser le monde d'un maudit bolchevique. » Ecœuré, dégoûté à jamais par ces paroles proférées par un homme soi-disant de Dieu, Joul ne put s'empêcher de répondre à l'aumônier : « Cet homme vous a imploré de lui donner votre bénédiction, ce qui ne vous aurait rien coûté et vous avez cautionné son assassinat ; je ne pourrai plus jamais, m'entendez-vous, plus jamais croire une seule parole de ce que l'on a voulu m'enseigner pendant les cours de religion. » L'aumônier ne répondit point et administra par-ci, par-là, aux blessés non encore ramenés vers l'arrière ses paroles stimulantes, paroles de nazi, paroles de diable. Quand Joul revint dans les nouvelles positions acquises après l'attaque, il défit son ceinturon, mais ne put s'empêcher de cracher sur la boucle qui l'ornait et où étaient inscrits ces mots *« Gott mit uns »* [1]. Jamais plus, il ne pourrait croire au Dieu des hommes, encore moins au Dieu des Allemands. Dieu était désormais banni de ses pensées et de son raisonnement. Pour lui Dieu avait fini d'exister.

---

1. *« Dieu avec nous »*. Toutes les boucles de ceinturon portaient cette inscription.

Les unités allemandes occupèrent les tranchées de leurs ennemis et les aménagèrent. De nombreux prisonniers russes enterrèrent leurs morts aux abords de la voie ferrée qui fut détruite, ainsi que les installations qui faisaient office de gare. Quelques jours plus tard, la 2e compagnie releva une autre unité dans une position que les anciens appelaient « *Fingerstellung* » [2]. C'était un véritable doigt qui s'enfonçait dans les lignes russes pour protéger un petit mamelon sur lequel l'artillerie allemande avait posté des observateurs. Ceux-ci devaient régler les tirs qui écrasaient Léningrad sous un bombardement continu. Les tranchées nazies étaient peu profondes et essentiellement constituées de déblais et de sacs de sable, cela en raison du terrain marécageux. Mais pour le moment le sol était gelé. Il fallait, pour se rendre aux emplacements de tir, circuler accroupi, afin d'éviter le tir des *snippers* russes embusqués sous des monticules de neige à quelques soixante-dix mètres de là. A l'avant des tranchées courait un réseau de barbelés très dense, où les ronces russes étaient parfois attachées aux chevaux de frise allemands. C'est dans cette tranchée que mourut Kamil, par un après-midi où le soleil égayait un tant soit peu l'étendue blanche. Il fut frappé de plein fouet par un obus de mortier et littéralement déchiqueté. Phons et Joul furent atterrés par cet événement. Ils venaient de perdre un excellent ami et ils pleurèrent en silence lorsque l'on enveloppa la dépouille de leur malheureux camarade dans une simple toile de tente. Ils demandèrent l'autorisation au *Feldwebel* [3] Ruhmer d'assister aux obsèques de

2. Position du Doigt.

3. Chef de section : grade équivalent, à peu près, à celui d'adjudant.

leur ami. Celui-ci acquiesça aux vœux des deux Lorrains. Kamil fut enterré au cimetière militaire d'E'mga, où s'alignaient déjà d'innombrables croix noires et où de nombreuses fosses entrouvertes au cours de l'été précédent attendaient les futures victimes de la barbarie nazie et bolchevique. Le peloton d'honneur envoya sa salve de coups de feu puis entonna le chant « J'avais un camarade » que Phons et Joul chantèrent aussi, du moins les quelques mots qu'ils connaissaient de cet hymne aux morts. Ils furent très marqués par ce cérémonial et regagnèrent leur compagnie, le cœur gros et le moral profondément atteint. Pauvre Kamil ! Cher ami, pourquoi le destin voulut-il que tu fusses le premier du groupe à mourir ? Pauvre corps écrasé sous les mottes gelées arrachées au pic par les prisonniers russes chargés de ce travail macabre et qui t'avaient à jamais englouti dans leur terre natale.

Joul apprit aussi ce jour-là que Paul, le Luxembourgeois, avait été porté disparu au cours de l'attaque des positions russes. Il appartenait à la compagnie faisant partie de la première vague d'assaut. On ne retrouva son corps ni aux abords, ni dans la tranchée prise aux Russes, ce qui parut surprenant et a priori suspect aux Allemands. Il est vrai que Paul, au cours de leur séjour à Varsovie, avait déclaré farouchement à ses copains qu'il profiterait de la toute première occasion qui lui serait donnée pour déserter. Joul voulut bien porter foi aux déclarations de son camarade, qu'il savait être un « drôle de lascar ». Il souhaita vivement que les projets de Paul aient réussi, tout en se demandant comment, pendant un assaut, il avait trouvé l'occasion de se rendre aux Russes. Perplexe, Joul en parla à Phons qui estima que l'intéressé, dégourdi comme il l'était, avait très bien pu réussir dans ses intentions. Les deux camarades en restèrent là, tout en formulant des vœux de succès à l'intention de leur ami. Puis ils se rappelèrent encore mutuellement et en riant, le bon tour que le Luxembourgeois avait joué à la gérante du BMC de Varsovie, en sauvant Hanna de l'esclavage nazi.

Deux jours plus tard, un nouvel événement se produisit. Le capitaine commandant la compagnie faisait sa tournée d'inspection dans la tranchée et discutait avec un guetteur. Le « basané », celui qui arborait son insigne nazi, vint à passer par là. Apercevant le capitaine, accroupi dans le poste de tir, il se redressa, comme un ressort, pour effectuer selon son habitude le salut hitlérien. Bien mal lui en prit. Sa tête dépassa le sommet du parapet. Le *snipper* russe embusqué en face ne rata pas l'occasion. Une balle explosive traversa son casque et explosa dans la coque d'acier. C'était le dernier salut qu'il adressait à son Führer. On l'enterra avec son casque qui resta soudé aux os du crâne et que l'on n'avait pas pu retirer. Les jeunes nazillons de l'unité l'accompagnèrent au cimetière de M'ga. Joul était de garde, le chef de section Ruhmer vint s'entretenir un long moment avec lui. Il connaissait le cas des Alsaciens-Lorrains et semblait comprendre leur désarroi. C'était un sous-officier qui s'occupait avec beaucoup d'attention de la sécurité de ses hommes. Il se tenait à l'écart des autres gradés de l'unité et ne s'intéressait qu'au bien-être de ses soldats. Il raconta une partie de sa vie à Joul.

— J'étais ingénieur forestier avant la guerre. Je fus mobilisé en 1939, au début du conflit. Blessé dans le dos par un éclat d'obus, près de Sedan, je fus évacué sur l'hôpital de Strasbourg où je restai deux mois. Les médecins et infirmières étaient tous alsaciens. Je connais donc la mentalité de ton pays et je puis affirmer que j'y étais très bien soigné. Après ma guérison, je fus envoyé dans une école de sous-officiers et je suis ici depuis fin 1941. Je suis marié et j'ai un petit garçon, là-bas, à Hambourg.

Puis il confia à Joul : « Je n'appartiens pas au parti nazi et n'ai absolument aucune connivence avec ces gens-là. »

Ces révélations singulières étonnèrent un tant soit peu le Lorrain qui ne s'attendait pas à de telles confidences de la part d'un sous-officier de l'armée hitlérienne. Joul s'enhardit à exprimer toutes ses impressions et surtout son désespoir de se trouver sur cette terre russe sans aucune motivation. Le *Feld* [4] Ruhmer comprit très bien cet état d'esprit et demanda à Joul de venir le trouver s'il rencontrait la moindre difficulté au sein de la section. Le Français, stupéfait de tant de sollicitude, comprit qu'il s'était fait un ami en la personne de son chef de section, et à partir de ce jour, il accorda toute sa confiance à cet homme, confiance qui par la suite ne devait jamais être déçue.

Un jour que Joul se trouvait au repos à l'abri du bunker de section, il assista au transport à dos d'hommes de sacs de ciment frelaté, par un groupe de soldats de l'unité disciplinaire affecté au régiment. Les sacs de ciment provenaient d'une usine désaffectée et le ciment avait été mouillé par la neige et la pluie. La nuit, les gens de la section de discipline rehaussaient par apport de ces sacs de béton, les parapets de la

4. Abréviation du grade de *Feldwebel*.

tranchée. Un soldat de cette unité, à peu près de son âge, ployait sous le fardeau qu'il reposa un moment sur une souche d'arbre. Il suait à grosses gouttes malgré le froid et semblait bien mal en point. Joul, qui était en train de se tartiner des tranches de pain avec de la margarine et de la confiture, se dirigea vers le jeune homme et lui demanda s'il avait faim. La réponse étant affirmative, il lui tendit sa tartine et sa gourde de café. Le soldat ingurgita son morceau de pain et but une large rasade, puis déclara qu'il avait terminé sa peine dans huit jours, qu'il était sarrois et signifia toute sa reconnaissance à Joul pour son geste. A ce moment surgit un sous-officier, armé d'un gros gourdin, qui après avoir injurié le malheureux, lui asséna deux grands coups de bâton sur le dos. Le Sarrois ne répondit pas et reprit son fardeau pour rejoindre la colonne des autres forçats. Le *Feld* Ruhmer qui avait assisté en partie au scénario, s'en prit violemment au sous-officier qu'il menaça des foudres du commandant pour son geste inhumain. L'affaire en resta toutefois là. Huit jours plus tard, Claus, c'était le nom du Sarrois, avait terminé son temps de séjour à la compagnie disciplinaire et fut affecté à la section Ruhmer, dans le groupe de Joul. Claus connaissait bien la Lorraine pour avoir travaillé en tant que mineur dans la région de Forbach. Les deux jeunes gens devinrent très vite des amis. Claus ne cessait de rappeler la scène où Joul lui avait offert des tartines et du café, alors qu'il avait faim et soif. Et s'il était resté passif sous les coups de gourdin du sous-officier qui l'avait surpris, c'était pour ne pas prolonger son séjour chez les disciplinaires. Il raconta à Joul la vie qu'il avait menée pendant ces trois mois de punition et les raisons qui l'avaient conduit là.

— Un jour que je saluais réglementairement un officier SS, ce dernier me répondit par le salut nazi et me signifia d'en faire autant. Je refusai en lui déclarant que j'avais salué comme on me l'avait appris. Je fus traduit devant un tribunal et condamné pour refus d'obéissance et outrage à officier, à trois mois de compagnie disciplinaire. Cette unité, formée d'un ramassis de renégats, de gibiers de potence, de nervis et de scélérats, où régnait la loi de la jungle et du plus fort, était aussi appelée Bataillon 999. Nous n'avions pas droit au port d'armes et notre activité principale était de transporter vers le front des sacs de ciment, de sable et des troncs d'arbres qui devaient servir au renforcement des tranchées et des abris. Les sous-officiers qui nous commandaient étaient de vrais abrutis et les coups pleuvaient à la moindre occasion. C'étaient de vrais sadiques et, au plus petit geste de révolte, la peine était prolongée, de plusieurs semaines parfois. La nourriture était infecte et insuffisante pour le travail que nous devions fournir. J'ai eu très peur, le jour où tu m'as donné ta tartine, de prendre une rallonge de peine. Heureusement que ton chef de section s'en est mêlé. C'est le seul sous-officier pour qui j'ai acquis de l'estime.

Phons aussi fit la connaissance du Sarrois et l'adopta immédiatement comme copain. Les trois amis devinrent inséparables et, à part l'*ancien* et le *Feld* Ruhmer, ils n'entretenaient guère de relations avec les autres membres du groupe. Il y avait aussi dans ce groupe un nommé Stier, véritable bête, craint comme la peste par toute l'unité. C'était un ancien condamné de droit commun qui s'était engagé pour se dédouaner. « Le vieux » apprit à Joul qu'il avait été détenu pour viol et meurtre. Cet être abject semait la terreur dans toute la section et jouait du couteau à la moindre réflexion. « Le vieux » l'accusait même de voler des vivres et de la viande dans les containers, pendant le trajet de la corvée de soupe journalière pour laquelle il était toujours volontaire. Toute la section le haïssait, mais les hommes n'osaient rien dire, craignant les représailles de l'ignoble individu.

La vie continuait ainsi dans le Doigt, amenant presque chaque jour un décès, soit par les explosions des orgues de Staline, soit par les snippers à l'affût de chaque tête dépassant un tant soit peu et par imprudence le sommet du parapet. Du côté allemand, on recherchait sans cesse et sans beaucoup de résultats le lieu où ces tireurs d'élite se terraient.

Puis une nuit, tout près, un haut-parleur russe se fit entendre. D'abord la chanson « Lili Marlène » monta de la tranchée en face, puis le chant nostalgique « Pays, tes étoiles scintillent dans le firmament ». Ces chansons étaient censées saper le moral des Allemands qui tirèrent quelques rafales de mitrailleuses pour essayer de faire taire le tourne-disque, mais en vain. La voix reprit de plus belle, encore plus démoralisante :

— Pensez à vos mères, pensez à vos femmes, pensez à vos enfants. Rendez-vous, sinon vous ne les reverrez plus. Rejoignez la vaillante Armée rouge. Les filles et les femmes de Léningrad vous attendent à bras ouverts. Vous dormirez dans des draps blancs, bien au chaud, au lieu de croupir dans vos tranchées envahies de vermine. Demain nous attaquerons et alors il sera trop tard. Tous ceux qui ne se seront pas rendus mourront.

Puis le phono reprenait « Lili Marlène » et s'arrêtait au bout de la chanson. Brutalement, des rafales de *katouchkas* [5] ébranlaient l'atmosphère pendant quelques instants. La voix reprenait alors les mêmes slogans et cela durait toute la nuit pour recommencer les soirs suivants. Les tirs de mortier allemands essayèrent en vain de faire taire le bavard d'en face, mais ce dernier, vraisemblablement bien camouflé, récidivait immédiatement après la fin des tirs.

Un jour, un incident macabre ébranla encore un peu plus le moral des occupants du Doigt. Une patrouille russe avait réussi à faire irruption dans la tranchée allemande occupée par la compagnie voisine, emmenant avec elle trois prisonniers. Le lendemain matin, accrochés aux branches lacérées d'un arbre situé au-dessous de la tranchée d'en face, trois corps entièrement dénudés, portant le casque allemand et les bottes, se débattaient dans leurs liens. Des hurlements atroces parvenaient jusque dans les tranchées ennemies. Une large plaie au bas-ventre des suppliciés était parfaitement visible. C'est alors que le commandant de compagnie ordonna à toutes les mitrailleuses de braquer les canons sur les trois malheureux. Celles-ci ouvrirent le feu simultanément et mirent fin aux souffrances des suppliciés.

La nuit suivante, le haut-parleur mentionna les faits et le speaker déclara que ce sort serait réservé à tous les hommes qui ne se rendraient pas volontairement aux troupes russes. Un autre soir, une voix de femme se fit entendre. Celle-ci reconnut que c'étaient les femmes de l'unité qui avaient infligé le châtiment aux prisonniers, pour venger les morts de Léningrad écrasés sous les obus et les bombes nazies. La riposte

5. Appelées aussi orgues de Staline.

des Allemands ne se fit pas attendre. Le commandant de l'unité à laquelle appartenaient les trois martyrs décida une incursion dans les lignes soviétiques afin de ramener des prisonniers. La patrouille se faufila sur les arrières des premières lignes et investit un blockhaus d'où lui parvenaient des rires et des gloussements féminins. Les hommes du commando se glissèrent dans l'abri et avant que les femmes aient pu ébaucher le moindre geste, les ficelèrent et les bâillonnèrent comme des saucissons. La patrouille rejoignit les lignes allemandes, emmenant avec elle quatre femmes soldats en uniforme de l'Armée rouge. Le « vieux », toujours au courant de tout ce qui se passait dans le régiment, alors qu'il était de garde avec Joul, raconta à ce dernier ce qui s'était passé avec les jeunes femmes capturées. Elles furent emmenées dans le bunker des sous-officiers, torturées, violées, soumises à toutes sortes de sévices et le matin, trois d'entre elles furent attachées par les mains, nues, aux branches d'un arbre surplombant les lignes. Aussitôt, dès que l'aube se fut levée, le même scénario qui avait mis fin au calvaire des trois soldats allemands pris par les soviets quelques jours plus tôt, se reproduisit. Plusieurs mitrailleuses russes concentrèrent leur feu sur les corps des trois malheureuses, abrégeant ainsi leurs tourments. La quatrième femme russe fut expédiée à l'arrière, où des renseignements sur les unités ennemies devaient lui être extorqués. Pour les Allemands, l'honneur était sauf. Ils avaient répondu avec la même bestialité, par la loi du talion. C'est avec abjection que Joul écouta ce récit infamant. Cette bassesse réciproque l'écœurait et sa répulsion pour Dieu, qui permettait ces ignominies, s'accentua encore.

Passeport pour l'enfer

Cela faisait un mois que la compagnie occupait le Doigt. La relève arriva et les pelotons rejoignirent la position du chemin de fer enlevée aux Russes quelques semaines plus tôt, position assez tranquille et qui était constituée de nombreuses casemates aménagées dans le remblai de la voie ferrée. Plus besoin de se baisser pour parvenir aux emplacements de tir, plus besoin de subir les interminables et démoralisants discours du haut-parleur soviétique. Les emplacements de repos eux aussi étaient plus vastes, assez bien agencés et profondément enterrés. Seuls quelques tirs sporadiques de mortiers et d'orgues de Staline s'abattaient parfois sur et autour des positions de la ligne du chemin de fer. Les activités étaient surtout nocturnes de part et d'autre : patrouilles et actions de commandos se succédaient chaque nuit dans le no man's land où se trouvait enclavé un village russe en ruines, et il n'était pas rare que ces patrouilles se rencontrent et s'entre-tuent en terrain neutre, ramenant à chaque fois des morts, des blessés et rarement des prisonniers.

C'est là que Joul et Phons firent plus ample connaissance avec Karl, l'Autrichien. Il remplissait les fonctions d'infirmier de la compagnie. Il avait commencé ses études de médecine à Vienne, mais n'avait pas été autorisé à les terminer, pour la seule raison que son père, catalogué comme anti-nazi notoire, avait été interné dans un camp de concentration. Les nazis avaient jugé qu'un fils dont le père était anti-hitlérien n'était pas digne de devenir médecin du Troisième Reich et ils avaient résilié son sursis. C'était un nouvel ami en perspective pour les deux Lorrains. Stier, cet abject individu, semait toujours la terreur parmi ses compagnons. Il avait apprivoisé un couple de souris qui mangeaient dans sa main et leur avait construit un nid dans une boîte de conserve vide fichée sous les solives du plafond de l'abri. Des souriceaux étaient nés, mais personne n'avait le droit de toucher aux bestioles, ni même de s'approcher de leur repaire. Personne non plus ne lui adressait la parole. Un jour, Joul et le nommé Stier furent désignés ensemble pour monter une garde particulière dans un avant-poste situé sous un petit ponceau qu'enjambait un tronçon de voie ferrée, en face du village semblant abandonné dans le no man's land. Un vieil homme, tenant une toute petite fille par la main, s'avançait tranquillement sur un sentier bordé d'arbres en direction des lignes allemandes. Ils se trouvaient à dix mètres du poste d'observation et avançaient sans méfiance. Avant que Joul puisse esquisser le moindre mouvement, le répugnant Stier abattit d'une rafale de mitraillette le pauvre vieillard et l'enfant. Révolté par tant d'abjection, Joul s'enfuit en courant, abandonnant son poste, pour se réfugier dans le bunker du *Feld* Ruhmer à qui il relata les faits. Ce dernier envoya quatre hommes pour conduire Stier devant le commandant de compagnie, qui le fit immédiatement transférer au régiment pour une comparution devant le tribunal militaire. Joul, en passant devant l'abri de repos, s'empara de la boîte qui contenait les souris et les balança de rage au loin, dans la neige, au grand ahurissement des occupants. Toute la section, toutefois, était satisfaite d'être débarrassée de l'odieux individu, qui par la suite, fut condamné à six mois de compagnie disciplinaire. Joul demanda alors au diable d'éviter de placer ce rustre sur son chemin.

Bientôt, une terrible nouvelle anéantit encore un peu plus le moral de Joul et de Phons. Ils venaient d'apprendre que quatre Alsaciens d'une compagnie voisine avaient tenté ensemble de déserter et de rejoindre les lignes russes. Sans armes, ils tenaient d'une main le fameux laissez-passer dont les avions russes inondaient les tranchées allemandes, de l'autre le ruban bleu-blanc-rouge que presque chaque incorporé de force portait sur lui. Cela se passait à l'aube d'une journée glaciale. Ils avaient réussi à passer sans encombre et sans être vus, les barbelés et les mines allemandes. Ils étaient arrivés à proximité des lignes soviétiques lorsqu'une mitrailleuse russe les abattit presque à bout portant. Ils restèrent plusieurs jours allongés dans la neige, devant les fortifications où ils avaient cru trouver le salut. Ce triste événement refroidit un peu plus encore l'envie de déserter des deux Lorrains.

C'est aussi la nuit suivante que Joul fut blessé aux jambes. Il faisait partie d'une patrouille dans le village abandonné lorsque le commando fut pris dans une forte embuscade. Un obus de mortier explosa à proximité et Joul se sentit fléchir sur ses genoux. C'était une excellente occasion de rester caché dans les broussailles pendant que la patrouille allemande se repliait. Les Russes n'étaient pas loin, et il lui suffisait de se rendre en levant les bras. Mais le souvenir des quatre Alsaciens lui fit changer d'avis et il rejoignit en rampant le reste de l'équipe et les tranchées allemandes. Le soir, il fut transporté par le chariot de la corvée de soupe vers le P.C. de la compagnie. Karl, l'infirmier, lui fit une piqûre et appliqua des pansements sur ses deux tibias striés de larges balafres. Le médecin du régiment ne constata aucune fracture, garda Joul pendant deux jours à l'infirmerie régimentaire puis le renvoya à sa section, apte à combattre. Quelques jours plus tard, un ordre supérieur ordonna le retrait de tous les Alsaciens-Lorrains des troupes de première ligne. Phons et Joul ne purent que s'en réjouir. Quitter cette vie de fous, ce milieu de terreur, de tueries et d'horreur n'était vraiment pas pour leur déplaire. C'était vraisemblablement une conséquence de la tentative de désertion des quatre Alsaciens. Peut-être aussi qu'ailleurs, dans d'autres unités, des défections d'Alsaciens-Lorrains avaient été signalées et même réussies, ce qui avait certainement provoqué les décisions des autorités supérieures.

Les deux amis se trouvèrent donc affectés au P.C. de la compagnie en tant qu'agents de liaison avec les P.C. de section. D'autres tâches leur étaient également dévolues : aider les cuisiniers, éplucher les légumes et accompagner les chariots de ravitaillement. Ils retrouvèrent aussi Jean, de Sarrebourg, également muté dans les mêmes services. Mais leur principal travail consistait à porter, de jour comme de nuit, les messages et les ordres du capitaine à ses chefs de sections. Ils disposaient pour cela de deux chevaux. Ces liaisons n'étaient pas toujours de tout repos, et les postes de surveillance russes, lorsqu'ils les débusquaient, ponctuaient leur itinéraire de rafales d'obus de mortiers. Leur seule chance était de manger à leur faim, et leurs repos avaient au moins le mérite de s'effectuer au chaud, ce qui n'était pas le cas pour les soldats de première ligne auxquels la nourriture et la boisson parvenaient gelées. Ils apprirent aussi par le *« Journal du Front de l'Est »* avec plus d'un mois de retard, que Stalingrad avait été provisoirement évacuée par les troupes allemandes, sans qu'il y ait aucune mention des énormes pertes et de la reddition de tout un groupe d'armées.

Le printemps commençait à poindre à l'horizon. Les oiseaux, qui avaient fui le vacarme et le fracas des explosions du front, avaient trouvé refuge dans le bois de bouleaux où le P.C. du capitaine était installé. La neige commençait à fondre et la vie des trois Lorrains semblait plus sereine. Epargnés par les dangers incessants de la vie de tranchées, ils ne demandaient pas mieux que cette existence puisse durer le plus longtemps possible. Mai était là. Le soleil avait fait son apparition. Les arbres bourgeonnaient. Un nouveau coup dur affecta cependant le moral des soldats de la Wehrmacht. Toujours par le *« Journal du Front »*, ils apprirent que les Américains avaient débarqué en Afrique du Nord et que Rommel avait dû capituler. Les trois Lorrains, à la lecture de ces nouvelles, se réjouissaient intérieurement, d'autant plus que les Russes contenaient sans cesse et partout les colonnes allemandes qui avaient lancé un début de contre-offensive. Même devant Léningrad, les *Ivans* attaquaient et harcelaient journellement les unités nazies. De nombreux blessés et morts étaient ramenés tous les soirs par les chariots vers le P.C. de la compagnie et la canonnade avait pris une densité alarmante.

C'est le moment que choisit le commandant pour renvoyer vers leurs unités d'origine les Alsaciens-Lorrains. Ils prirent soin toutefois de les affecter dans des sections différentes. C'est ainsi que Phons, Jean et Joul se trouvèrent séparés et replongés dans l'épouvante et l'angoisse des tranchées. Joul retrouva la section Ruhmer et Claus le Sarrois, ce qui atténua un tant soit peu son anxiété et apaisa son âme. Il retrouva la position du chemin de fer qui avait perdu de sa tranquillité. L'artillerie russe expédiait sans interruption ses obus et ses roquettes sur les tranchées allemandes et les attaques de l'infanterie se succédaient sans parvenir à un succès. Les pertes étaient terribles du côté soviétique mais le nombre des morts du côté allemand était également considérable.

Fin juin, la 2e compagnie relevait pour la seconde fois une autre unité dans le saillant avancé du Doigt. Cette annonce, une fois connue, donna le frisson à tous les hommes de l'unité qui se rappelaient avec angoisse leur premier séjour dans ce coin pourri. La relève se passa de nuit dans le plus grand silence et le personnel occupa les mêmes emplacements qu'en avril. Comme de bien entendu, la section Ruhmer eut encore une fois le privilège de se voir confier la protection et la défense de l'extrémité du dispositif, endroit reconnu comme le plus dangereux et le plus exposé. Rien n'avait changé depuis la première occupation : le haut-parleur débitait toujours les mêmes rengaines. Le disque un peu plus éraillé de « Lili

Marlène » émettait sans cesse cette chanson nostalgique entrecoupée par des tirs de harcèlement de mortiers et par l'inévitable « Demain, nous attaquerons. Tous ceux qui ne se seront pas rendus seront irrémédiablement abattus ». Ces phrases, les soldats allemands les avaient entendues maintes fois pendant leur premier séjour dans le Doigt, elles les avaient déjà psychologiquement ébranlés. La physionomie de la position avait un peu changé. Les parapets avaient été renforcés et rehaussés avec des sacs de ciment et de sable. L'on pouvait maintenant y circuler sans se baisser et sans se trouver dans la ligne de mire des snippers. Par contre, le terrain marécageux, dans lequel avait été tracée la tranchée, ressemblait à un ruisseau boueux et malodorant où grouillait un nombre impressionnant d'immondes sangsues qui, ajoutées aux morsures des poux, faisaient subir aux occupants de cruels tourments. Des parois des boyaux suintait un fluide visqueux et vaseux.

Par une nuit d'orage où le feu du ciel se mêla à celui de la terre, sous la foudre et les éclairs, les Russes attaquèrent. Ils profitèrent de ce que le ciel était assombri par d'énormes nuages noirs rasant les collines pour se ruer à l'assaut. Durant une heure, l'artillerie et les *katiouchkas* entrèrent en action afin de pulvériser les défenses, broyant effectivement une grande partie des installations, puis les troupes d'assaut russes déferlèrent dans les barbelés où les bengalores ouvraient de longues brèches. Les premiers éléments étaient chargés de planches et de petites échelles qu'ils jetaient sur les barbelés pour faciliter leur franchissement. Les fusées éclairantes allemandes illuminaient le champ de bataille comme en plein jour. Alertée, l'artillerie allemande se mit de la partie et le carnage débuta. Les corps pulvérisés par les obus voltigeaient en l'air comme des pantins. Puis les premières mines sautèrent, déchiquetant les assaillants dans un vacarme infernal. La terre tremblait sous le déluge du fer et de feu qui écrasait les attaquants. Quand les mitrailleuses et les lance-grenades intervinrent pour contenir l'attaque, le massacre devint épouvantable. Les éclairs et le tonnerre fusionnaient avec les lueurs et les explosions des obus. Mais les Russes avançaient toujours, malgré les pertes, sortant de leurs tranchées comme des fourmis d'une fourmilière, se lançant à corps perdu dans la bataille, poussant des *« Huraï »* qui glaçaient d'effroi les défenseurs. Ce ne fut qu'au moment où les grenades à main entrèrent en action que la ruée fut enfin contenue. Joul, accroupi au fond de son trou, dégoupillait les grenades que le *Feld* Ruhmer balançait par-dessus le parapet à une cadence infernale. Claus tirait à la mitrailleuse par jet continu et par saccades. Les cadavres des *Ivans* s'amoncelaient devant les lignes allemandes. A cinq mètres de l'emplacement de combat que défendaient Ruhmer, Claus et Joul, un énorme fantassin russe, coiffé d'une casquette de commissaire de l'Armée rouge et portant les galons d'officier, restait suspendu par son treillis dans les fils de fer barbelés, le corps déjà transpercé de mille impacts et haché par les grenades. Des plaintes et des gémissements s'élevaient dans le no man's land jonché de morts et de blessés. L'attaque russe avait échoué. Joul en tremblait encore : que serait-il advenu des hommes de l'unité si les agresseurs avaient réussi leur assaut ?

« Maama » ! le même appel de détresse et de souffrance humaine, comme répercuté par un écho sans fin, montait du champ de bataille. Au milieu de ces plaintes, un cri particulier et déchirant s'élevait d'un repli du terrain « Gali...na », répété sans arrêt par un blessé. Joul se renseigna auprès du Poméranien pour connaître la signification de ce mot. L'ancien lui répondit que c'était un prénom de femme, celui de sa fiancée, de sa femme ou de sa petite fille.

Le jour se levait sur le terrain où les derniers jets de grenades achevaient les blessés. Vers le soir, on n'entendit plus qu'un seul appel répété sans relâche « Gali....na ». Ceci affectait profondément le moral de Joul qui aurait aimé secourir ce soldat. Mais les orgues de Staline avaient repris leur bombardement, déchiquetant les cadavres dont les corps écartelés venaient retomber jusque dans la tranchée allemande. Des amas de chair et de débris humains s'agglutinaient autour des souches des arbres déracinés et jusque dans les moindres recoins. Un vrai paysage lunaire s'était installé autour des positions. Des trous noirs, aux rebords calcinés, criblaient le sol où plus une seule trace de verdure n'était perceptible. Une légère brume glissait sur le champ de bataille : la tempête du ciel et celle de la terre avaient cessé momentanément. Seul, ce cri lancinant et douloureux de « Gali...na » s'élevait encore, de plus en plus faible cependant. Ils étaient des centaines et des centaines de corps enchevêtrés dans les barbelés, pulvérisés par les explosions. Dans la journée, les mitrailleurs allemands s'acharnèrent à décrocher le commissaire qui restait obstinément pris dans les barbelés. Sa face de Mongol semblait narguer les défenseurs du Doigt. Quand, enfin, il se détacha, son corps s'affaissa en une masse informe, monstrueux tas de chair que la mitraille avait transformé en un magma méconnaissable. Vers le soir, le blessé que l'on ne pouvait apercevoir cessa d'appeler sa Galina et le calme succéda au désastre. Plusieurs morts et blessés allemands avaient aussi été relevés et la compagnie se trouvait réduite de moitié.

Cette nuit-là, pour la première fois aussi, la voix du speaker russe ne se fit pas entendre et « Lili Marlène » resta muette. Cependant, et par intermittence, les obus des orgues de Staline s'abattaient sur le champ des morts, comme s'ils avaient voulu punir les assaillants de leur échec et les faire mourir une seconde fois. Chaque salve d'artillerie russe projetait en tous sens, en les déchiquetant un peu plus, les corps suppliciés dont les débris de chair humaine se répandaient devant et derrière les tranchées allemandes. Le troisième jour après l'attaque, sous un soleil de plomb, un relent pestilentiel envahit l'atmosphère. L'air était devenu irrespirable et le port du masque à gaz obligatoire. Les amoncellements de corps disloqués dégageaient une telle puanteur que le milieu devint toxique et infect. Les rats de Léningrad, qui avaient fui la ville, arrivèrent par légions entières, envahissant la position allemande, rongeant les cadavres où du moins ce qui en restait. Ces énormes bêtes affamées, non contentes de rogner les charognes, s'attaquaient même aux vivants, essayant de mordre. Il fallut s'armer de gourdins pour se protéger des morsures. La nuit, le frottement sinistre de leurs dents rongeant la chair putréfiée, émettait un crissement angoissant et lugubre qui faisait frémir d'horreur les soldats les plus endurcis. Les jets de grenades, en les exterminant par centaines, ajoutaient encore à la puanteur environnante.

Les poux aussi envahirent le personnel de l'unité, ceux des cadavres russes venant s'ajouter à ceux dont les soldats allemands étaient déjà couverts. Ces sales et infectes bestioles avaient la grosseur d'un grain de riz et infestaient littéralement les uniformes ; ajoutant leur nuisance aux myriades de mouches et de moustiques qui grouillaient dans le secteur, et qui piquaient, suçant le sang des vivants, s'infiltrant partout, dans le cou, entre le casque et le masque, dans les emmanchures des vestes, trouant les peaux les plus dures de leurs aiguillons. Les sangsues enfin s'étaient mises de la partie et s'attaquaient surtout aux membres inférieurs. Toutes ces infâmes bestioles avaient pris des dimensions inhabituelles. Ainsi, les rats étaient devenus énormes, traînant sur le sol des ventres bleutés et rebondis. Saturées de chair humaine, les mouches vertes, repues de viscères putréfiés ressemblaient à de gros hannetons, dont le bruissement et le bourdonnement agitaient l'air de vibrations insupportables. C'est dans ce contexte abominable et répugnant que Karl, l'infirmier officiait avec le peu de moyens à sa disposition, apportant sans relâche réconfort et soins à toute une compagnie en détresse, totalement décimée et physiquement à bout de nerfs et de force. On retrouva Karl, épuisé par une tâche immense, affalé dans un trou d'obus, entouré d'une horde de rats qui l'avaient cruellement mordu sur tout le corps. Il fut évacué dans un état alarmant vers les hôpitaux de l'arrière. D'ailleurs, près de la moitié de l'effectif avait déjà subi le même sort. Et il n'y eut alors plus personne pour soigner les piqûres et les morsures qui continuaient à faire des ravages. L'effectif de la compagnie se réduisait chaque jour davantage. Ce cauchemar devait durer quinze jours encore. Chaque soir, il fallait changer les cartouches des masques à gaz qui laissaient passer les effluves suffocantes des corps en décomposition. De temps en temps, une rafale d'orgue de Staline venait remuer et projeter dans les airs les miettes de ce qui avait été des corps humains. Les disciplinaires apportaient chaque nuit des sacs de chaux qu'ils déversaient inlassablement sur les morceaux de charogne éparpillés autour de la tranchée. La chasse aux poux, lorsque les hommes étaient au repos, devenait elle aussi, inopérante. Ils en tuaient une centaine et le lendemain, après un tour de garde dans l'antichambre de la mort, ils en ramenaient un millier. Toute la compagnie — ou ce qui en restait — se grattait, se lamentait, maudissait l'univers entier et la guerre en particulier. C'est dans ce milieu d'effroi, de souffrances et d'horreur que Joul vit apparaître aux aisselles, à la taille et aux aines d'énormes bubons rougeoyants et purulents. Lorsqu'il défit son masque, une partie de la peau du front resta collée au caoutchouc de l'appareil. Les Russes, en face, ne se manifestaient plus guère ; plus un coup de feu ne partait de leur tranchée. Ils s'étaient vraisemblablement repliés vers l'arrière pour échapper aux mille maux qui harcelaient leurs adversaires. La relève des sentinelles se faisait chaque heure afin de permettre aux factionnaires de se reposer, de se laver et de respirer un peu d'air moins pollué, dans les abris de repos. Cela n'améliorait que très légèrement la situation, car la mort imprégnait toujours les uniformes. Tout ce que l'on mangeait ou buvait avait un goût de cadavre. L'épouvante se lisait sur tous les visages exsangues des soldats. Quelques-uns de ces derniers, qui avaient été mordus par les rats, avaient vu leurs membres enfler démesurément du jour au lendemain et avaient dû être évacués.

Joul vomissait et, atteint par une forte fièvre, signala cet état au *Feld* Ruhmer qui le fit immédiatement transférer à l'arrière. Cela faisait quatorze jours que Joul avait vécu les tourments les plus atroces, dans une atmosphère proche de la folie, dans un monde où tout n'était plus que déraison, fureur mentale et aberration. Il avait dû, malgré lui, participer au massacre, dans un contexte où aucune alternative ne pouvait lui être accordée. Il avait enduré là les pires moments de son existence, les plus cruels tourments que l'on puisse infliger à un être humain. Mais en fait, était-il encore un être humain où était-il devenu une bête infâme et répugnante ? Il se posait toutes ces questions dans le camion qui le transportait, avec d'autres combattants du Doigt, vers la gare de Gatchina où un train sanitaire devait les emmener vers l'hôpital principal des armées, situé à Novgorod. Aucun commentaire du Haut Commandement de la Wehrmacht ne fit état de ce lamentable épisode. Seul le *« Journal du Front de l'Est »,* en deux lignes parlait d'un assaut victorieusement repoussé dans la région de M'ga, omettant de raconter les suites et le désastre subi par une compagnie entière. Il n'était en effet pas très héroïque et opportun de rapporter la déconfiture de toute une compagnie provoquée par les rats et les mouches. De l'autre côté, les Russes, peu fiers d'avoir subi la destruction et la perte d'au moins un régiment, sans résultat positif, ne voulaient point non plus alerter les défenseurs de Léningrad en avouant le cuisant échec subi lors de l'assaut.

Le train arriva à Novgorod, où dans un parc majestueux, s'alignaient de grandes tentes marquées de la Croix-Rouge, aux abords d'un château abritant le P.C. des armées du nord. Sur place, un tri rapide fut fait parmi les blessés et les malades du convoi. Joul se retrouva avec une dizaine de soldats de la 2e compagnie qui furent emmenés dans un pré où ils durent se déshabiller entièrement. Ils durent brûler leurs uniformes qui exhalaient encore l'odeur de la mort, sous la surveillance d'infirmiers qui affichèrent d'emblée un air de dégoût et d'aversion envers ces malheureux aux membres monstrueusement enflés, déformés par les anthrax et les ganglions purulents, et qui continuaient à se gratter et à déchirer de leurs ongles leurs tuméfactions putrides. Ils furent ensuite emmenés dans un petit bâtiment servant de lavoir que l'on avait rempli d'un liquide bleuâtre et où, à tour de rôle ils durent se tremper dans ce qui semblait être un désinfectant. Après ce trempage, ils furent affectés à une tente à l'écart des autres, où un brancard servant de lit leurnun brancard servant de lit leur fut affecté. Le médecin-chef passa sa visite et prescrivit deux injections à chaque malade, puis il appela deux infirmières et leur dicta les soins à donner.

Les deux infirmières affectées à la tente de Joul parlaient le russe. Joul en profita pour glisser à la première qui s'approcha de lui, un bistouri à la main, qu'il était français et non allemand. L'infirmière lui répondit simplement : « Ich Ukrainen. » Elle parlait quelques bribes d'allemand. Avec beaucoup de douceur, elle commença à inciser les bubons de Joul, dont le pus dégoulinait de tout le corps. Elle épancha soigneusement le liquide infect qui empoisonnait toute sa personne et lui tapota amicalement le joue. C'était une femme d'une quarantaine d'années, qui aurait pu être sa mère et qui répondait au doux prénom de Natacha. Elle était infirmière diplômée, originaire d'Ukraine, et s'était mise à la disposition du service sanitaire allemand pour pouvoir poursuivre son expérience médicale, soigner les blessés, et évidemment aussi pour gagner sa vie. Elle éprouva instantanément une grande sympathie pour le jeune Lorrain qui se trouvait dans un état physique lamentable. Elle manifestait envers lui de vrais sentiments maternels, s'en occupant avec beaucoup de gentillesse et bien plus longuement qu'elle ne le faisait avec les autres patients. Le médecin effectuait chaque matin ses deux injections. Les bubons commençaient à sécher, la fièvre était tombée. Avec beaucoup de tristesse, Joul voyait quelques-uns de ses camarades de misère, désignés par le médecin-chef, suivant des critères qu'il ignorait, prendre le chemin du rapatriement sanitaire. Natacha lui expliqua que ces hommes qui partaient avaient été mordus par des rats et avaient contracté la peste. L'hôpital de campagne ne disposait point de moyens pour enrayer cette maladie. Quant au mal dont il était affecté, Joul n'en connût jamais le nom. L'infirmière lui avait seulement confirmé que ce n'était ni le choléra, ni le typhus, ni la typhoïde, ni la peste.

Joul en voulait un peu à Natacha de l'avoir si bien soigné et de s'être occupé de lui avec tant de constance et de persistance. C'était raté pour lui ! Il ne serait pas rapatrié. Ah ! combien, à ce moment, il regrettait que le docteur n'ait pas décelé la peste ! Il revoyait déjà avec terreur arriver le jour où il lui faudrait remonter au front. Joul n'avait plus de nouvelles, ni de Phons, ni de Claus, ni de Ruhmer. Il se sentait seul, abandonné, malheureux comme un chien battu et, lorsqu'il se regardait dans une glace, il ne voyait que ces deux profonds sillons creusés dans ses joues amaigries, qui barraient verticalement, du haut en bas, son visage blafard. Joul avait vieilli de dix ans. Que dirait sa mère si elle le voyait dans cet état ? Et pourtant, dans chacune de ses lettres il prétendait que tout allait bien, qu'il n'était pas malheureux et assurait ses pauvres vieux d'un prochain retour. Il ne voulait pas alarmer ses parents en leur décrivant ses misères, mais dans son for intérieur, il aurait bien voulu leur dire qu'il ne croyait plus en ce Dieu qui permettait d'aussi horribles épreuves. Il se penchait avec tout son désespoir sur sa jeunesse détruite et avilie, sur son adolescence perdue dans un délabrement sans nom. Il aurait voulu décrire à sa mère tout ce qu'il avait enduré. Si elle avait pu s'en rendre compte, elle aurait abjuré sa foi ; et il était sûr que si ce Christ, qu'elle priait tant, s'était détaché de la croix, elle l'aurait recloué de ses propres mains sur son gibet. Mais à quoi bon ? Il était toujours en vie. A quoi cela aurait-il servi d'affoler ses parents par de désespérantes lamentations ? Il préférait leur mentir et dissimuler la vérité. Il se doutait bien, d'ailleurs, que son père, qui avait subi les mêmes tourments en 14-18, ne croyait pas un seul mot de ce qu'il racontait dans ses missives. Mais le brave vieux évitait aussi d'alarmer son épouse et se confinait dans le silence.

Vers la fin juillet, Joul, guéri, fut renvoyé sur son unité avec quelques anciens du Doigt qui, comme lui, n'avaient pas eu la chance d'être expédiés vers un hôpital d'Allemagne. Avant son départ du lazaret des armées, Natacha lui offrit une pomme, passa la main dans ses cheveux et sur ses joues creuses, et l'étreignit longuement. Une larme roula sur ses pommettes, puis elle s'en alla vers son destin, sans se retourner. Joul la suivit un moment des yeux avec mélancolie, puis grimpa à son tour dans le camion qui devait rejoindre la gare. A Gatchina, Joul retrouva tout le reste de sa compagnie et il apprit que le régiment devait quitter le front de Léningrad pour aller renforcer celui d'Ukraine, où tout n'allait pas pour le mieux. Il retrouva avec satisfaction Claus et Phons qui avaient réussi à sortir indemnes de l'aventure du Doigt. Ruhmer aussi était là. Ce dernier remit à Joul une petite boîte noire qui contenait la médaille des services rendus et du mérite. Joul fourra la boîte dans sa poche et ne remercia pas le *Feld* qui comprit très bien son ressentiment.

La compagnie avait reçu un fort contingent de jeunes recrues pour compenser les pertes subies par la maladie. Ces jeunes fraîchement débarqués d'Allemagne affichaient tous une certaine arrogance et leurs sentiments envers leur Führer bien aimé étaient restés intacts. Aussitôt se forma le clan des anciens et celui des nouvelles recrues. Il n'y avait pas d'atomes crochus entre les deux groupes qui faisaient mine de s'ignorer. Le vieux Poméranien aussi avait échappé au carnage et il manifesta beaucoup de sympathie et de bienveillance à l'égard de son jeune camarade de combat. Le régiment resta encore quelques jours à Gatchina. Puis des paquetages de combat neufs furent distribués, ainsi que les armes et un beau matin, ils embarquèrent sur un interminable train qui devait les conduire vers d'autres aventures et d'autres lieux, en l'occurrence Tcherkassy en Ukraine, à quelques cent kilomètres au sud de Kiev, où la bataille faisait rage, suite à la contre-offensive russe. Le voyage dura plusieurs jours avec, entre autres, un arrêt à Baranovici. Baranovici ! cela rappela soudain quelques chose à Joul. C'était un nom qu'il avait souvent entendu prononcer par son père, lorsque ce dernier, en compagnie d'anciens combattants du village, ressassait ses campagnes de la dernière guerre. Baranovici et son immense hangar de tôle, qui existait encore. C'est là que son père avait embarqué en 1917 pour rejoindre le front de l'ouest, revêtu du même uniforme que son fils. Après une distribution de friandises par la Croix-Rouge, Joul arpenta les quais de la gare. Il déambula avec au cœur une grande tristesse et engagea ses pas dans ceux de son père avec un recul de près de trente années. Il eut de la peine à retenir ses larmes devant l'évocation des souvenirs des anciens, que les jeunes écoutait parfois avec une certaine indifférence, quelquefois avec des sourires moqueurs et qu'ils prenaient pour des affabulations. Toutes ces histoires émaillées de poux, de puces, de rats, de tranchées humides, d'assauts repoussés ! Les gamins qu'ils étaient pensaient que leurs parents exagéraient. Maintenant qu'il vivait les mêmes affres, Joul savait que les vieux n'avaient pas menti ni dépassé la mesure dans leurs récits.

Le convoi repartit, et quelques jours plus tard, il arriva dans la région d'Uman, où des camions attendaient les hommes du régiment pour les diriger vers une nouvelle boucherie. Ils traversèrent la forêt d'Uman que l'on disait infestée de partisans, sur une route faite de rondins de bois que construisaient des centaines de prisonniers russes encadrés par des membres de l'organisation Todt. Tout se passa sans encombre et par un matin de septembre, la compagnie débarqua aux abords d'un petit village d'Ukraine, qui devait servir de cantonnement provisoire à l'unité.

Galina

Au cœur de l'Ukraine

La 2e compagnie arriva à l'orée de la forêt. Il faisait jour. Au loin, un village dessinait ses contours au milieu des champs et des prairies. C'était l'objectif de la compagnie. Elle devait occuper ce village et s'y installer en point d'appui.

Naturellement, ce fut la section de l'adjudant Ruhmer qui eut le privilège d'aller reconnaître le hameau et le groupe dont faisait partie Joul effectua une patrouille dans le bourg, tandis que le reste de la section s'était installé en protection.

L'arme à la main, la patrouille progressa à travers le patelin qui était constitué, comme la plupart des hameaux russes, de pauvres isbas à toits de chaume. Quelques femmes entourées d'enfants vaquaient dans les jardins entourant les maisons, sans se soucier, semblait-il, de l'incursion des Allemands. Un vieillard, assis devant sa porte, leva la main en un geste amical. Arrivé à sa hauteur, Joul lui présenta une cigarette que le vieil homme porta immédiatement à sa bouche. Le soldat lui tendit une boite d'allumettes et lui fit signe de la garder. Le vieux remercia avec de grands gestes. La patrouille traversa tout le village qui, finalement, n'était pas très étendu. Une route assez large en terre battue reliant Smella à Tcherkassy, coupait le hameau en deux.

Au bout du village se trouvait un îlot de baraquements en dur dont une partie avait brûlé. C'était un ancien kolkhoze. Une autre maison en dur, au milieu des habitations, tranchait par son élégante silhouette au milieu des pauvres isbas. C'était l'habitation de l'ancien chef du kolkhoze, chef du village et commissaire politique de la région. Rien ne s'étant passé pendant la reconnaissance, la compagnie rejoignit le bourg une heure plus tard. Les enfants étaient maintenant sortis de leurs masures et se rapprochaient des militaires allemands sans aucune frayeur apparente. On pouvait apercevoir, çà et là, quelques visages de femmes derrière leurs rideaux entrebâillés.

Les cantonnements furent attribués à chaque section. Une des extrémités du village fut occupée par celle du *Feld* Ruhmer. Celui-ci fixa les attributions de chaque équipe. Il emménagea lui-même, avec son groupe de commandement, dans la maison en dur au centre du village. Le commandant de compagnie établit son P.C. dans les bâtiments encore intacts du kolkhoze.

Claus le Sarrois, Joul et une toute jeune recrue qui avait été affectée au groupe, au départ de Léningrad, eurent pour mission de s'installer dans une isba qui , à priori, ressemblait à toutes les autres. Cette maison était la première du hameau. Un peu en retrait, elle bordait toutefois la route qui le traversait. Le reste du groupe s'installa dans la maison en face.

Les ordres avaient été donnés d'agir avec la plus grande correction envers les habitants, d'éviter une fraternisation trop voyante. Et évidemment, interdiction formelle d'exercer le moindre vol ou pillage.

Joul fut chargé d'installer le cantonnement de la petite équipe, c'est-à-dire de rassembler de la paille pour le couchage, de regrouper, si cela était nécessaire, les habitants dans une autre pièce, de condamner éventuellement celle-ci et d'installer des postes de combat aux fenêtres en les dégageant de tout obstacle ou mobilier. Claus et la jeune recrue devaient, quant à eux, aménager un poste de combat à l'extérieur, à quelques cinquante mètres de l'habitation. Ils s'y affairaient d'ailleurs déjà avec pelle et pioche et l'adjudant était en train de leur préciser les objectifs à atteindre. Partout, autour du village, un premier réseau de défense devait être installé afin de parer à toute velléité des partisans, qui , cela avait bien été précisé, pullulaient dans la forêt voisine et avaient déjà attaqué à plusieurs reprises des convois isolés. L'habitation où Joul venait d'entrer était constituée d'une seule pièce assez longue, au sol en terre battue. Six rangées de tables et de bancs constitués de pieux fichés en terre, de planches rugueuses et mal équarries, ainsi qu'un vieux fourneau aux tuyaux dépareillés en constituaient le seul mobilier. Une étagère garnie de quelques livres occupait la paroi du fond. Une chaise et un tableau noir, lui aussi rudimentaire, complétaient le décor. Il n'y avait rien à aménager ; l'unique fenêtre donnant sur la rue était dégagée de tout obstacle et pouvait facilement servir de poste de tir en cas de besoin. La disposition de la pièce fit penser à Joul qu'il s'agissait d'une salle de réunion puisqu'elle n'était pas habitée. Il ne lui restait donc plus qu'à aller récupérer de la paille pour que l'installation soit la plus confortable possible.

Il arracha deux rangées de tables et de bancs pour agrandir l'emplacement destiné au couchage, et laissa le reste en l'état. Il s'apprêtait à sortir pour effectuer sa corvée lorsqu'il avisa, sur l'étagère, un livre un peu plus grand que les autres. Par curiosité, il l'ouvrit. C'était un manuel de géographie russe. Il feuilleta rapidement l'atlas et s'arrêta sur les deux pages où figurait la France, d'un côté après 1870 et de l'autre, après 1918 : l'Alsace-Lorraine était représentée par une tache rose faisant intégralement partie du territoire français. Il s'assit sur un banc avec son livre. Ses yeux ne pouvaient se détacher de cette page. Donc, en Russie aussi, on savait ... Il resta un long moment à regarder cette France avec une profonde nostalgie. A ce moment, un portillon que Joul n'avait pas encore remarqué et qui était situé derrière le tableau noir s'ouvrit brusquement. Une femme pénétra dans la salle. Elle était jeune et belle, guère plus âgée que Joul, vêtue sobrement, mais avec une certaine élégance que l'on ne connaissait guère aux jeunes filles habituellement rencontrées dans les villages russes. Ses longs cheveux blonds, dorés comme les blés, tombaient sur ses épaules et croulaient jusqu'à ses hanches. Elle s'approcha vivement de Joul et d'un geste brutal se saisit de l'atlas qu'elle referma rageusement.

Joul bondit comme un ressort sous l'insulte et saisit la jeune fille par le bras. Il serra fort, très fort. Pendant quelques secondes, leurs regards se pénétrèrent. Les yeux bleu d'acier de la Russe brillaient d'une lueur haineuse et fixaient intensément ce jeune homme en uniforme allemand.

Joul esquissa un timide sourire, tout en soutenant avec virulence le regard de la demoiselle. Que se passa-t-il en ce court instant entre ces deux êtres, tous les deux jeunes, mais que tout séparait ?

Le cœur de Joul battait à tout rompre. Lui qui avait appris à réagir très vigoureusement et instantanément aux surprises de la guerre, restait là sans réaction. La mignonne lui aurait à cet instant planté un poignard dans le ventre qu'il aurait été incapable du moindre mouvement de riposte. Elle aurait également pu se saisir du pistolet-mitrailleur qui traînait sur la table, il n'aurait pu ébaucher le plus élémentaire geste de défense. Soudain, la jeune fille baissa les yeux que Joul n'avait cessé de fixer. Elle se dégagea doucement de la main qui étreignait son bras et reposa la géographie sur la table. Puis elle replongea son regard dans celui de Joul. Ce dernier alors rouvrit l'atlas à la page où figurait la France. Le doigt posé sur la petite tache rose représentant l'Alsace-Lorraine, il hurla de toutes ses forces : « Niet Germanski, ich Frantzouski. » La Russe se pencha sur la géographie, consulta le résumé figurant au bas de la page, puis se tournant à ce moment vers Joul, avec un sourire, elle lui déclara dans un allemand très correct :

— Tu peux me parler dans ta langue, je la connais très bien.

— L'allemand n'est pas ma langue, tu ne m'as pas compris, je suis français et ma patrie se trouve là.

Joul plaça à nouveau son doigt sur la carte de France.

L'étonnement, maintenant, avait envahi le visage de la jeune fille, et son regard, qui ne cessait de fixer

Joul, s'était nettement radouci. « Mon Dieu qu'elle est belle ! » pensait-il intérieurement. Un court silence s'était établi entre eux. Joul alors s'enhardit :

— Comment t'appelles-tu ?

— Galina, répondit-elle. Puis poursuivant :

— Alors si tu es français, pourquoi portes-tu cet uniforme et que fais-tu ici ?

Ah ! pourquoi ? Ce pourquoi, Joul le perçut comme une gifle. Il se l'était posé mille fois déjà depuis son incorporation dans la Wehrmacht et il était seul à pouvoir y apporter une réponse ; mais personne jamais ne lui avait demandé de répondre d'une façon aussi impérative.

— Ecoute Galina, si j'ai l'occasion de te revoir, je t'expliquerai le pourquoi en question. Maintenant, il faut que je termine mon travail, je dois aménager le cantonnement et trouver de la paille pour mes camarades et moi.

— Quel est ton nom ? demanda-t-elle brusquement.

— Joul.

— Youl ? Cela ressemble étrangement à un prénom russe.

Elle avait appuyé sur le y avec une certaine insistance.

— Tu veux de la paille ? Il y en a tout près d'ici, derrière la maison, dans un hangar à côté de ma cabane.

Puis avec un reproche dans la voix :

— Pourquoi as-tu cassé les deux bancs et les deux tables ?

Joul ne répondit point tout de suite. Un sentiment de culpabilité et d'embarras l'avait saisi. Il lâcha toutefois :

— C'est la faute à la guerre, Galina ; allons, montre-moi l'endroit où je puis trouver de la paille.

Ils sortirent par la petite porte par laquelle Galina avait fait irruption, dix minutes auparavant.

Que de choses s'étaient passées pendant ce court laps de temps ! Galina avait posé cette terrible question : Pourquoi ?

Il fallait qu'il la revoie, qu'il lui réponde, qu'il se justifie, qu'il lui explique son état d'âme, qu'il traduise sa rancœur, sa haine et son dégoût de l'Allemagne nazie, son aversion pour l'uniforme dégradant et exécré dont il était affublé.

Les deux jeunes gens arrivèrent devant une grange située à une centaine de mètres du cantonnement. Des bottes de paille y étaient entassées. Sans rien dire, Galina en chargea unc sur son épaule. Joul fit de même et ils retournèrent au cantonnement. Joul suivait Galina et s'émerveillait de la silhouette gracile, souple et déhanchée de la jeune fille. Elle déposa sa gerbe et voulut reprendre la conversation, mais Joul lui fit comprendre qu'il ne fallait pas qu'elle reste là, que des soldats ou des gradés pourraient les surprendre. Il la poussa gentiment vers la porte. Sur le seuil, elle lui désigna une petite maisonnette au fond du jardin, à côté de la grange à paille.

— C'est là que j'habite depuis le début de la guerre.

Il y avait une espèce d'invite dans la voix, qui remplit de joie et d'espoir le cœur de Joul.

A peine avait-elle quitté les lieux que le *Feld* Ruhmer pénétra dans la pièce. Joul avait déjà étalé la paille dans un coin et avec les planches arrachées aux deux tables, avait aménagé un coin de repos.

Ruhmer s'enquit des lieux, s'étonna qu'ils fussent inhabités, vérifia l'emplacement de combat. Satisfait de sa visite, il allait quitter la pièce lorsqu'il se retourna et lança au jeune soldat.

— Ah ! si cette guerre pouvait s'arrêter ici, dans ce village, ce serait merveilleux, mais nous ne tarderons sûrement pas à quitter les lieux pour le front, dans quelques jours. Tout cela serait trop beau autrement.

Ruhmer avait toujours manifesté une certaine sympathie envers Joul. Cela faisait presque un an qu'il était son chef de section et il se souvenait que Joul avait été l'un des derniers rescapés de l'épopée devant Léningrad.

Mais pour Joul, la guerre s'était arrêtée ici, dans ce petit village d'Ukraine. Il n'avait pas encore eu le temps de percevoir ce roulement sourd ressemblant au tonnerre qui grondait, là-bas, vers l'Est, au delà de l'horizon. Alors la peur le reprit aux tripes. Un sentiment étrange de lassitude, d'abandon et de découragement s'empara de tout son être. Il se remémorait comme dans un cauchemar, les heures terribles vécues là-haut devant Léningrad. Il revit son ami Kamil, mort, le corps broyé par un obus, son enterrement à Emga, la salve d'honneur du peloton dont il faisait partie, avant que la terre russe n'engloutisse à jamais son corps mutilé, enveloppé dans une simple toile de tente.

Il avait chanté avec les autres le chant funèbre « J'avais un camarade ». Le souvenir de ce jour le faisait, aujourd'hui encore, frémir. Le *Feld* Ruhmer lui avait prédit tout à l'heure que le séjour au village ne saurait être long. Fallait-il donc revivre ces mêmes sordides tueries, cet immonde carnage insensé, ces souffrances terribles dans le froid et la boue ? Cette vision dantesque le laissa un bon moment totalement abattu, vidé de toute sa substance d'être humain.

Il fut tiré de sa torpeur par l'arrivée de ses deux camarades de chambrée, Claus le Sarrois et Erik, qui avaient terminé l'aménagement de l'emplacement de combat extérieur du groupe.

Erik avait dix-sept ans. Il avait été, avant son incorporation, garçon de ferme, en Bohême. Joul ne connaissait pas grand-chose d'autre de la vie ni des antécédents de ce jeune qui faisait partie du groupe depuis peu de temps. Il avait l'air gauche, un peu niais. Claus lui demanda d'allumer le poêle, ce dont il s'acquitta avec bien des difficultés, sous les quolibets de l'ancien.

Le caporal-chef, qui faisait fonction de chef de groupe, vint à son tour s'informer de l'état des lieux et du logement des trois hommes. C'était, lui aussi, un rescapé de Léningrad et il connaissait très bien Claus et Joul. Il désigna Erik et Joul pour effectuer la corvée de soupe du soir. Il s'agissait de se rendre au P.C. de la compagnie, situé dans les bâtiments encore intacts du kolkhoze où les services administratifs de l'unité et les cuisines s'étaient installés, et de ramener le repas qui devait être réparti entre les quarante hommes de la deuxième section, stationnés à l'autre bout du village.

Le soir commençait à tomber. Une pluie fine et une bise froide laissaient présager un automne humide et glacé. Le couvre-feu pour les civils avait été fixé de 19 heures à 7 heures du matin. Quelques villageois se hâtaient le long de la rue pour rejoindre leurs maisons. Un groupe de soldats blaguaient à la fenêtre d'une isba, avec quelques jeunes paysannes.

Sur le chemin du retour à la section, Joul transportait sur son dos un jerrican de soupe et portait sous son bras un sac contenant des victuailles diverses. Embarrassé par son arme qui ballotait à travers sa poitrine, gêné par le poids du jerrican et le sac à provision, il avait pris une cinquantaine de mètres de retard sur le reste de la corvée, qui se hâtait vers le cantonnement. Une paysanne russe, un bidon de lait à la main, vêtue d'un long manteau noir traînant presque jusqu'au sol, un foulard sombre noué sous le menton, couvrant une partie de son visage, le croisa en le frôlant.

— Bonsoir, Youl.

Interloqué, Joul resta coi et la suivit du regard en s'arrêtant. La femme, elle, accéléra le pas sans se retourner, continua son chemin et pénétra dans une grande isba située en bordure de route. C'est là que vivait le vieux chef de village, Fédor, celui-là même à qui Joul avait offert une cigarette lors de l'entrée de la compagnie dans le village. Ce « Youl » que la femme avait prononcé en insistant particulièrement sur le y, il l'avait entendu pour la première et seule fois de sa vie, deux heures à peine auparavant, mais ce « Youl » avait été exprimé par une jeune et belle fille assez élégante, aux longs cheveux blonds et qui avait nom Galina. Aucune autre personne du village ne connaissait son identité. Qui était donc cette paysanne misérablement vêtue et qui venait de l'interpeller ?

Joul reprit sa route, décontenancé, encombré par ses fardeaux et méditant sur ce qui venait de se passer. A son arrivée à la section, la soupe fut distribuée. Il y avait longtemps qu'un repas aussi copieux n'avait été servi : une soupe de gruau, certes, mais largement garnie de viande, de saucisson, de la margarine, des fruits confits, de la confiture et du chocolat.

Joul mangea sa soupe au P.C. de la section avec le reste de l'effectif. Il emmena avec lui ses rations d'appoint, ainsi que celles de Claus, qui assurait la garde du cantonnement.

Mais, ce « bonsoir, Youl » de tout à l'heure le tracassait vraiment. Cela ne pouvait être que Galina. Mais alors, pourquoi ce déguisement ?

La nuit était tombée. Quelque part dans le village, des soldats chantaient de vieilles rengaines. Les civils s'étaient barricadés dans leurs isbas, du moins dans la partie qui leur avait été réservée. Joul étant exempté de service, il épingla son nom sur le paquetage à la tête de sa paillasse, ceci pour éviter au gradé de quart chargé de la relève des sentinelles, d'avoir à réveiller les trois hommes pour retrouver le factionnaire. Claus et Erik en firent autant. Il mit dans sa poche une tablette de chocolat, une boîte de fruits confits, plaça son arme en bandoulière et ajusta ses cartouchières.

Il prit sur l'étagère la géographie qu'il avait consultée l'après-midi et s'apprêtait à sortir, quand Claus qui avait suivi tous ses mouvements en ingurgitant son repas, lui lança :

— T'as l'air bien nerveux et bien pressé ce soir. Que manigances-tu ? Et où vas-tu ? As-tu déniché une fille pour être excité de la sorte ?

Joul pensa qu'il valait mieux donner quelques éclaircissements à son camarade Claus, car il avait entière confiance en lui, et il savait que ce dernier ne le trahirait pas. Il fallait aussi que quelqu'un puisse facilement le trouver en cas d'alerte.

— Oui Claus, cet après-midi, pendant que tu travaillais à la confection de l'emplacement de combat, un ange m'est apparu. Je ne sais plus si j'ai rêvé, mais il faut que j'en ai le cœur net. Une jeune fille m'a parlé en allemand parfait. Ce n'était pas une Russe. Je te raconterai la suite plus tard.

Joul désigna à Claus la petite maisonnette au fond du jardin et lui indiqua que c'était là qu'il pourrait le trouver en cas de nécessité. Claus esquissa un sourire. Il avait certainement plus d'expérience amoureuse que Joul et il lança à ce dernier quelques propos gaillards à l'adresse de l'ange dont il venait de lui parler. Claus ferma la porte derrière son camarade, non sans lui avoir asséné une grande claque sur l'épaule. Joul franchit rapidement les quelques mètres qui séparaient le cantonnement de la petite isba du fond du jardin. Son cœur battait à tout rompre lorsqu'il se trouva devant la porte. Aucune lumière ne filtrait, les volets en bois plein étaient hermétiquement clos.

Il hésita, plaça d'abord son oreille contre l'huis, hésita encore, en proie à une certaine émotion difficilement contenue. La respiration coupée, tremblant de tous ses membres, il avait du mal à se défaire de la panique qui le tourmentait. Un toussotement venant de l'intérieur du logis le fit revenir sur terre. Il s'enhardit et pianota légèrement contre la porte, derrière laquelle une voix s'éleva en russe :

— Issi souda ?

— C'est moi, Youl.

Il avait inconsciemment prononcé l'y à la place du j de son nom. La porte s'entrouvrit sans bruit.

— Rentre, Youl, je t'attendais.

La pièce était plongée dans l'obscurité. La jeune fille le prit par le bras, referma la porte avec une traverse de bois et Joul se laissa guider dans le noir car aucune lumière n'éclairait l'intérieur. Il y régnait toutefois une douce chaleur.

— Ne bouge pas, Youl, je vais faire un peu de lumière.

Elle s'écarta de lui et entrouvrit la porte d'un four où brûlaient quelques bûches. Une lueur diffuse se répandit dans la pièce. En quelques secondes les yeux de Joul s'étaient accoutumés à cette pénombre et il distinguait maintenant très nettement le beau visage de la jeune fille qui le fixait de ses grands yeux. Ils restèrent un petit moment face à face sans rien dire. Joul tremblait encore légèrement, n'arrivant pas à maîtriser son embarras et son émoi.

Galina rompit ce silence qu'elle avait elle-même suscité.

— Assieds-toi, Youl, as-tu faim ?

Il s'assit sur une chaise, près d'une petite table juste en face de la porte du four.

— Non, Galina, je n'ai plus faim. Par contre, je t'ai apporté du chocolat et de la pâte de fruit et je t'ai aussi amené la géographie de cet après-midi.

— Merci, Youl, tu es un brave garçon. Il y a bien longtemps que je ne connais plus le goût du chocolat.

Elle s'assit à côté de lui et brusquement l'embrassa chastement sur la joue, ses longs cheveux d'or frôlant la figure du jeune soldat. Elle grignota lentement et avec délectation son chocolat et en fourra un morceau dans la bouche de Joul, qui la regardait avec tendresse. Il remarqua qu'elle portait sa petite jupe brune et son chemisier blanc de l'après-midi, et alors il voulut savoir si c'était bien elle, la paysanne qu'il avait croisée tout à l'heure en lui souhaitant bonsoir. Galina, en riant, lui répondit par l'affirmative, expliquant qu'il aurait été imprudent de sa part de se promener en jupette et en chemisier par ce temps et au milieu des soldats. Elle ne portait cette tenue légère que dans sa maison ou aux alentours immédiats. Quand elle sortait dans le village, elle enfilait son vieux pardessus noir et mettait son fichu pour ressembler aux autres filles et cela même lorsqu'il n'y avait pas de présence étrangère.

Joul avait maintenant perdu un peu de sa gêne. Il se sentait toutefois encore mal à l'aise devant l'éloquence de la jeune fille, qui maniait la langue allemande avec beaucoup plus de dextérité que lui. A plusieurs reprises, elle dut se reprendre dans la conversation car Joul avait du mal à la suivre, ne comprenant pas toujours le sens des phrases. Il avait dégrafé son ceinturon, ouvert quelques boutons de sa veste et posé son P.M. sous la table. Le four chauffait très fort la petite pièce. Galina voulut en refermer la porte mais Joul lui demanda de la laisser ouverte pour qu'il puisse la contempler à son aise. Elle rit très fort, puis l'embrassa à nouveau sur la joue. Il se retint de la serrer contre lui. Il aurait voulu lui aussi l'embrasser, mais il se contentait de la couver des yeux. Et puis il n'avait pas encore eu de véritable expérience amoureuse, à l'exception de quelques badinages sans suite avec les filles de son village. Il y avait bien eu ces quelques étreintes, fugitives et vulgaires, dans les B.M.C. de l'arrière des armées à Varsovie et à Gatchina, où ses camarades l'avaient entraîné. Mais c'était tout.

Il se souvint subitement des raisons qui l'avaient poussé à franchir le seuil de la maison de cette inconnue. Ce « pourquoi » de l'après-midi, posé par la jeune fille, lui rongeait le sang et il avait hâte de se justifier. Tout en essayant d'orienter la conversation dans ce sens, il tira de la poche de sa veste les deux lettres de sa mère qui, comme toutes celles qu'il recevait, étaient écrites en français. Il les montra à Galina qui se rendit à l'évidence : elles n'étaient pas libellées en allemand. Elle regarda longuement ces feuillets qui avaient parcouru plus de trois mille kilomètres et demanda à Joul de bien vouloir lui traduire quelques lignes de celles-ci.

Elles commençaient presque toutes ainsi : « Mon petit chéri », pour se terminer par une formule inchangée : « Je prie jour et nuit pour toi afin que tu reviennes. N'aie pas froid et fais bien attention à toi. Papa et maman. »

Galina écouta avec beaucoup d'attention la traduction faite par Joul. Sa tête s'abattit soudain sur l'épaule du jeune soldat et elle pleura. Ses longs cheveux inondèrent la joue et le cou du soldat. Elle sanglota longuement. Instinctivement Joul avait passé sa main dans la toison d'or de la jeune fille et la caressa avec douceur. Ils restèrent ainsi un long moment sans rien se dire. Joul essuya furtivement une larme. Il ne savait plus si c'était parce qu'il venait de penser à ses parents plus fort que d'habitude, ou parce que Galina, qui l'avait compris, pleurait, ou alors si c'était le bonheur intense et immense qui l'étreignait dans l'immédiat. Le lourd silence qui s'était établi entre les deux jeunes gens aurait pu être un enchantement, si dehors au loin, vers l'Est, ce bruit sourd et grondant du canon ne les avait rappelés à la funeste réalité. Quand Galina releva la tête, Joul entrevit un regard brillant qu'éclairait la lumière du four, puis ses beaux yeux se fermèrent. Elle approcha sa bouche de celle de Joul et le bonheur inonda ces deux êtres que le destin avait jetés dans les bras l'un de l'autre. Leur baiser n'alla pas plus loin. Joul se dégagea lentement de l'étreinte de Galina. Ils se sourirent tendrement.

Le jeune homme continua à exposer à la jeune fille les raisons de sa présence dans ce village et sous cet uniforme, l'incorporation forcée qui avait transformé de jeunes Alsaciens-Lorrains en parias de la honte, en forçats du déshonneur, eux qui étaient imbibés de culture française et qui avaient été du jour au lendemain travestis en bêtes à tuer, au service du Troisième Reich. Galina comprit très vite et ne posa plus de question. Elle enchaîna toutefois :

— Je suis si heureuse de t'avoir rencontré, Youl, que peu m'importe maintenant la couleur de ton uniforme. Seulement voilà, il faut que je te demande sous serment, de ne parler à personne de notre rencontre. Je te dirai pourquoi plus tard.

Elle insista aussi sur l'éventualité d'une rencontre dans le village. Il fallait à tout prix faire semblant de ne pas se connaître. Joul promit de garder leur entrevue secrète, mais il fallait bien qu'il explique que Claus avait dû être mis au courant de son escapade pour des raisons bien précises. Cela sembla d'abord la contrarier puis elle reprit son air rassuré lorsqu'il lui fit connaître l'amitié qui le liait à Claus. Les heures avaient passé. Ils ne s'étaient pas dit grand-chose, et pourtant ils s'étaient presque tout dit. Joul était tellement heureux que Galina ait compris le pourquoi de sa présence en ces lieux, et comblé d'avoir trouvé dans ce pays une âme à qui se confier ! Il n'avait fallu que quelques heures et des circonstances exceptionnelles pour transformer ces deux jeunes gens, que tout semblait séparer, en deux êtres pleins de confiance l'un vers l'autre, et que déjà l'amour frôlait de près.

Joul, médusé par la culture de Galina, n'avait pas encore posé de questions sur sa vie passée à elle, mais il comptait bien le faire le plus rapidement possible. Il se faisait tard et il dut prendre congé. Il ramassa son arme et se dirigea vers la porte. Elle s'accrocha à lui comme une âme en peine, le retint dans ses bras avant qu'il n'ouvre la porte et leurs lèvres se fondirent à nouveau en un long, interminable et brûlant baiser. Leurs deux corps étroitement soudés tremblaient de désarroi. Elle ne lui demanda pas de rester, mais il dut lui promettre de revenir le lendemain. Avant d'ouvrir la porte, elle alla refermer celle du four afin que la silhouette de Joul ne se découpe pas dans l'encadrement. Celui-ci attendit devant l'huis et lorsqu'il entendit le claquement de la barre de bois dans ses alvéoles, il rejoignit, rempli de bonheur, son cantonnement. Sans bruit, il se glissa dans la paille. Le ronflement de Claus et d'Erik ne l'empêchèrent point de s'endormir, le cœur en paix et l'âme sereine. Pour lui, la guerre s'était arrêtée auprès de Galina.

Un exercice de tir était prévu dans la journée. Un détachement du Génie, accompagné d'instructeurs, avait amené un stock de ces nouvelles armes anti-chars, appelés *Panzerfaust* [1], et devait initier la compagnie à leur emploi. Les carcasses de quatre tracteurs avaient été alignées à vingt mètres devant le pas de tir. Un spécialiste de ces engins enseignait leur maniement dont l'utilisation, a priori, semblait facile, quoique dangereuse.

En effet, cette arme anti-chars, si elle avait une portée de plus de cent mètres et perçait tous les blindages en service, n'était efficace qu'à une distance de dix à vingt mètres. L'engin était composé d'une ogive à charge creuse en forme de losange, et d'un tube d'environ un mètre de long contenant la charge propulsive. Une petite mire de visée et un bouton de mise à feu complétaient l'ensemble.

Après avoir reçu l'instruction théorique, chaque homme devait tirer deux de ces engins sur les carcasses des tracteurs. Plusieurs soldats avaient déjà

---

1. Arme antichars individuelle.

subi ce test qui ne s'avérait pas très concluant, la plupart des obus explosant au-delà des cibles. Il est vrai que l'appareil engendrait une certaine appréhension, car pour viser, il fallait sortir la tête hors de la tranchée de tir, appuyer sur la mise à feu et instantanément se jeter au fond du trou afin d'éviter les éclats en retour de l'arme qui semblait très puissante. Ruhmer dirigeait le tir dans un trou annexe à l'emplacement des tireurs.

Quant vint le tour de Joul, il s'ingénia à le stimuler, en lui déclarant :

— Joul, vieux soldat, si tu mets tes deux obus au but, je t'exempterai de service durant vingt-quatre heures.

Ni plus, ni moins téméraire que ses camarades, Joul s'ingénia toutefois à observer strictement les consignes de tir. Son premier obus fit mouche sous les applaudissements des hommes de l'unité groupés à l'arrière.

— Le deuxième, le deuxième, braillaient-ils !

Nullement impressionné, Joul ajusta l'arme pour le deuxième obus. Il appuya sur le bouton de mise à feu. Rien ne se produisit, à part un léger sifflement. Alors, mû par l'instinct de survie, instantanément il balança l'ensemble par-dessus le parapet. L'obus explosa devant l'emplacement de tir, éclaboussant le *Feld* Ruhmer d'une pluie de boue. Un silence de mort avait suivi ce deuxième essai, mais déjà Ruhmer, avec un sourire forcé, avait replacé sur l'épaule de Joul un troisième engin et donné l'ordre « feu ». Joul pensa une seconde à Galina, épaula, visa. Le coup partit, un tracteur explosa dans un bruit de ferraille étourdissant. Ruhmer félicita son poulain, qui put regagner le cantonnement non sans avoir reçu au passage les compliments du capitaine commandant la compagnie, qui lui octroya à son tour vingt quatre-heures d'exemption de service, non pour les deux obus au but, mais pour sa présence d'esprit, au cours du tir du deuxième obus qui avait failli exploser dans la tranchée de tir.

Joul était heureux. Pas à cause de ses exploits de tir, car il avait quand même manqué d'y laisser sa peau, mais parce que quarante-huit heures d'exemption de service étaient pour lui primordiales et providentielles. Il pourrait revoir Galina plus longuement, faire plus ample connaissance, car la veille ils n'avaient pratiquement parlé que de lui. Elle lui avait simplement confié, sans plus d'explications, qu'elle n'était pas russe, mais lituanienne. Il descendit la rue du village en sifflotant, tout à ses pensées, avec au cœur une joie intense.

Près de l'abreuvoir, sous un préau, cinq ou six jeunes filles discutaient ensemble. Elles adressèrent à Joul un petit geste discret de la main. Une seule silhouette, parmi le groupe des jeunes filles, restait figée dans une attitude contenue : un long manteau noir surmonté d'un fichu sombre. Il répondit au salut des jeunes filles, un peu décontenancé tout de même, car cette fois il avait reconnu Galina. Il se rappela la promesse qu'il lui avait faite et rejoignit ses quartiers en attendant le soir. Il écrivit à sa mère une longue lettre dans laquelle il décrivit son séjour au village, sa rencontre avec la jeune Russe, et pour plaisanter, il déclara à ses parents que si la guerre se terminait aujourd'hui, il rentrerait au pays avec elle.

Claus et Erik étaient revenus de l'exercice de tir. Ils avaient tous deux réussi un coup au but avec leur *Panzerfaust.* Claus, en termes moqueurs, s'adressa à son ami :

— Je me demande ce qui t'a passé par le crâne au cours de ton deuxième tir. Tu nous a privés, de ce fait, du bel hymne au héros « J'avais un camarade » ; il y a bien longtemps déjà que nous n'avons pas eu l'occasion de le brailler.

— Et au fait, comment ça c'est passé cette nuit ? Tu es rentré tôt ce matin. Tu ne sais donc pas qu'il nous est interdit de faire l'amour avec des ennemies du Troisième Reich ?

— Ecoute, Claus, répondit Joul, il y a dans ce village de nombreuses jeunes filles qui ne demandent pas mieux que de lier connaissance avec des soldats.

Cela se passe dans tous les pays du monde. J'en ai aperçu de biens jolies près du lavoir cet après-midi, et qui ne semblaient point farouches du tout.

— C'est entendu, j'irai faire un tour tout à l'heure. Erik s'occupera du feu et du casse-croûte.

Joul prit son ami un peu à l'écart.

— Claus, je n'ai pas fait l'amour cette nuit : vois-tu, la jeune fille qui habite au fond du jardin n'est pas russe. Elle se trouve dans ce village en tant que réfugiée lituanienne. C'est une fille très instruite, admirable, très sensible et je crois, tu vas te foutre de moi, que je l'aime. Alors, écoute, je te demande de tenir secrète notre liaison, au nom de notre vieille amitié.

Claus jeta un regard incrédule à Joul qui semblait pourtant à cet instant extrêmement sérieux. Il jura de garder le secret et affirma à Joul qu'il pouvait compter sur son entière discrétion.

Le camion foyer du régiment venait de s'installer près du P.C. du chef de section, on pouvait y acheter toutes sortes de bricoles, allant de la savonnette , au peigne, à l'eau de Cologne, papier à lettres, crayons, bonbons, bouteilles de bière, etc.

Joul acquit un peigne, une savonnette et un flacon d'eau de Cologne, cela dans l'intention d'en faire cadeau à Galina.

Tous les enfants du village s'étaient agglutinés autour du camion et des soldats, et ces derniers leur distribuaient force gâteaux, bonbons, et chocolat.

Un soldat un peu plus âgé caressait nostalgiquement la tête d'un gamin. Peut-être pensait-il à son môme, là-bas, dans une ville allemande. Peut-être ce gosse avait-il un père qui demain pointerait son arme sur lui, ou alors ce dernier était-il déjà mort depuis longtemps, ou encore prisonnier. Dans le village il ne restait plus d'hommes en âge de porter des armes. Toutes les familles russes avaient, qui un père, qui un frère mobilisé, et depuis deux années étaient totalement sans nouvelles d'eux. Joul se hâta pour rejoindre son logis. Il prit encore un pain, une boîte de confiture et deux bougies de tranchée et s'apprêta à se diriger vers la maisonnette de Galina. Il prévint discrètement Claus de sa nouvelle escapade et lui dit qu'il pouvait partager sa ration du soir avec Erik. Claus acquiesca avec un sourire et s'apprêta à débiter une ânerie, mais Joul l'arrêta :

— Rappelle-toi, Claus, je l'aime.

Premier serment d'amour

Il gratta comme convenu et doucement aux volets toujours clos de la petite isba. Dès que la porte s'ouvrit, il se faufila le plus subrepticement possible à l'intérieur. Déjà Galina était dans ses bras et ils s'étreignirent très longuement. Comme la veille, la pièce était restée dans le noir et seul un faible rayon de lumière filtrait de l'entrebâillement du four. C'était le seul moyen d'éclairage dont disposait Galina.

Joul défit son harnachement et déposa son arme sous la table. Puis il y étala tout ce qu'il lui avait apporté : le pain, la confiture, les petites bougies, la savonnette, le peigne et l'eau de Cologne.

Les yeux de Galina brillaient de plaisir. Elle l'embrassa fougueusement, puis se saisit de la savonnette qu'elle huma longuement.

— Youl, nous allons pouvoir nous laver. Je vais préparer le sauna et nous prendrons un bain de vapeur tous les deux, tu veux bien, dis ?

— Mais où se trouve ton sauna, Galina ?

— Viens voir, je l'ai aménagé à l'arrière de ma baraque.

Joul alluma une chandelle et suivit Galina dans un minuscule réduit de deux mètres sur deux, situé au fond de sa maison, qui jouxtait des remises et des hangars inhabités et d'où personne ne pouvait les apercevoir.

Un corps de four en fonte garni de pierres plates, un petit banc, une cuve accrochée au mur, munie d'un tuyau qui était terminé par une pomme d'arrosoir, complétaient toute l'installation.

— Je vais chercher du bois, dit-elle, et de l'eau, il y a un puits à côté. Reste là bien sagement à l'intérieur.

Elle ramena d'abord une brassée de bois et une hachette.

— Pendant que je vais chercher l'eau, prépare le feu.

Joul fendit quelques bûchettes et déjà Galina ramenait deux seaux d'eau.

— Il en faudra encore d'autres et il faudra bien aussi deux heures avant d'avoir la braise nécessaire et pour que les pierres soient assez chaudes.

Elle enfourna le bois jusqu'à la gueule du four et l'alluma. Puis, pour éviter les fuites de chaleur, elle calfeutra la porte de communication avec un sac de jute. Ils revinrent dans la pièce principale dont Joul ne connaissait absolument pas encore le véritable aspect. Il lui demanda de bien vouloir lui faire visiter les lieux. Vérifiant que personne ne se trouvait dans le jardin, entre le cantonnement et sa demeure, elle entrouvrit un volet.

La pièce n'était pas très grande. Un énorme four en occupait la plus grande partie, comme dans presque toutes les isbas russes. Les murs étaient tapissés de toile de jute. Une table, deux chaises, une étagère avec quelques livres, un assemblage en bois faisant office d'armoire, quelques ustensiles de ménage accrochés au mur : c'était là tout l'univers de Galina.

— Mais où donc dors-tu ? demanda t-il naïvement.

Elle éclata de rire et embrassa Joul en le serrant très fortement contre son cœur qui battait la chamade.

— Viens, je vais te montrer où se cachent les jeunes filles russes pendant la nuit.

Elle plaça une petite échelle contre le côté du four, là où Joul, la veille, n'avait aperçu qu'un trou noir et y grimpa. Il la suivit en tenant la chandelle. Par un intervalle d'une largeur d'un mètre on parvenait à une plate-forme qui occupait toute la surface supérieure du four. Derrière la large cheminée, un emplacement abritait un grand matelas, des couvertures et un traversin. Cela ressemblait à une véritable alcôve, admirablement protégée et qui, en hiver, bénéficiait de la chaleur du four, qui en principe ne s'éteignait jamais.

La nuit était maintenant tombée. Galina referma soigneusement portes et volets et ouvrit la porte du four. Joul disposa les deux bougies de tranchée sur la table et commença à enduire de confiture deux tartines de pain. Pendant ce temps-là, Galina avait mis le couvert qui se résumait à la plus simple expression : deux gamelles en acier, deux cuillères, car elle n'avait pas de fourchettes, et un couteau. Elle retira de dessous les cendres du four une poignée de pommes de terre qu'elle avait fait cuire. Ils grignotèrent côte à côte et de bon appétit. Perdus dans ce bonheur qui les unissait, ils semblaient tous deux vivre dans un autre monde, se taisaient, se contentant, de temps en temps, d'une œillade complice. Ils finirent leur repas qui leur sembla un festin, le plus beau et le plus délicieux qu'ils aient jamais dégusté.

Joul rompit le silence. Il voulait maintenant en savoir un peu plus sur la vie de la jeune fille. Elle posa sa tête sur son épaule. Il enroula les mèches blondes de ses cheveux entre ses doigts et la serra très fort contre lui. Elle commença l'histoire de sa vie, le pénible cheminement qui l'avait amenée dans ce village d'Ukraine.

— Je suis née en 1922 à Vilna, en Lituanie, alors indépendante. Deux années plus tard, la Pologne annexait la ville. En 1939, Vilna fut à nouveau rattachée à la Lituanie. Et en 1940, la Lituanie devint république soviétique. Mes parents moururent tous deux, et en même temps, dans un accident qui détruisit une usine de traitement de cuirs. J'avais quatre ans.

J'ai alors été confiée à un organisme qui s'occupait des pupilles de la nation à Vilna, où j'ai suivi l'école primaire jusqu'à l'âge de quatorze ans. Ensuite, je fus transférée dans un collège de la même ville. J'étais très douée pour les langues. En tant que pupille de l'Etat, on me permit de suivre plus tard des stages à l'étranger.

J'ai passé une année, c'était en 1938-1939, à l'université de Kœnigsberg, en Prusse orientale, pour parfaire mon allemand. Fin 1939, je me suis trouvée dans une faculté à Lvow, qui avait été une ville polonaise mais qui, entre-temps, avait été annexée par la Russie. Je m'y suis perfectionnée dans la langue russe et dans les langues slaves. J'obtins plusieurs certificats, que j'ai réussi à conserver. Je les ai cachés et je te les montrerai plus tard. Je devais rentrer à Vilna, mes études terminées, vers la fin du mois de juin 1941. Tu sais ce qui advint par la suite : l'invasion allemande de la partie est de la Pologne et la ruée des armées nazies sur la Russie. J'ai réussi à fuir Lvow en me mêlant au flot des réfugiés civils et aux unités russes en déroute. Après quelques jours de marche, un véhicule russe, conduit par un officier, m'a abordée. L'officier m'a demandé un renseignement. Il m'a fait monter dans sa voiture et nous avons ainsi roulé pendant trois jours et presque trois nuits, l'officier et le chauffeur se relayant au volant. Arrivé à Gassin, en Ukrainc, après avoir fait le plein d'essence dans un dépôt de l'armée, l'officier qui portait les insignes de commissaire politique, s'est séparé du chauffeur et j'ai continué la route seule avec lui. Il m'a dit alors qu'il devait se rendre à Kirovograd, et il m'a assuré que j'y serais en sécurité, car les Allemands n'y parviendraient jamais. J'avais confiance en cet officier qui, de plus, était commissaire. Nous traversions à ce moment une forêt immense en suivant un chemin forestier isolé. L'officier, depuis qu'il se trouvait seul avec moi, montrait quelques signes de nervosité. J'avais bien remarqué que ses intentions devenaient malsaines. Brusquement il a arrêté son véhicule dans un petit chemin de traverse et s'est jeté littéralement sur moi. J'ai dû céder à ses avances qui devenaient brutales. Il a abusé de moi et pendant que je pleurais au bord du bois, il en a profité pour s'enfuir avec son véhicule, m'abandonnant seule, perdue au milieu de l'immensité de la forêt. J'avais peur, très peur. J'ignorais totalement où je me trouvais. Je me suis remise toutefois en route en suivant la laie forestière, espérant bien rencontrer quelqu'un qui pourrait m'aider. J'ai marché ainsi trois jours sans rencontrer âme qui vive. Heureusement qu'il faisait chaud. Je me nourrissais de fraises et de fruits divers, la nuit je me cachais pour dormir au fond d'un fourré. Je ne dormais pas beaucoup, car j'étais terriblement angoissée, encore traumatisée par le viol que je venais de subir. Et c'était un officier russe qui avait commis cette lâcheté que jamais je ne pourrai pardonner ! Mes chaussures avaient craqué et je marchais pieds nus, les pieds en sang. Ma robe, elle, était en loques...

Galina s'arrêta un moment, puis étreignit Joul avec tendresse. Elle pleurait maintenant, et il en était remué jusqu'au plus profond de son être. Il la consola et lui caressa tendrement les cheveux.

Elle reprit le cours de son histoire.

— Enfin, le quatrième jour, je rencontrai un couple de vieux moujiks qui chargeaient du bois sur un chariot. Je leur racontai mon aventure, sans toutefois parler du viol. Devant mon état de proche épuisement, ils me firent monter sur la charrette et c'est ainsi que je suis arrivée dans ce village qui s'appelle Jianskaia où je suis restée, où je t'ai trouvé, Youl, et où ma vie a commencé il y a trois jours. Tout ce qui s'est passé avant, je l'ai complètement oublié. Arrivée à Jianskaia, des paysans m'ont hébergée pour la nuit. Ils m'ont donné de l'eau chaude pour me laver, car j'en avais bien besoin. Le lendemain matin, ils me présentèrent au chef de village, qui dirigeait également le kolkhoze. J'ai tout de suite remarqué qu'il portait sur sa tunique l'insigne des commissaires politiques. Je hais cet insigne et les gens qui le portent.

Je subis un interrogatoire très serré. Heureusement que j'avais pu sauver mes papiers et documents de la faculté, que je conservais dans une sacoche imperméabilisée ! On me fournit des habits et des chaussures, et je fus affectée à l'école pour seconder l'institutrice. C'était une femme d'une cinquantaine d'années et qui affichait un air revêche. Elle portait sur sa blouse l'insigne du parti. Une quarantaine d'enfants fréquentaient l'école, située au kolkhoze même. C'était une grande bâtisse en bois avec un équipement assez moderne. Les mois de juillet et d'août passèrent ainsi sans anicroche, et je fis la connaissance de tous les habitants du village. J'accompagnais souvent les plus petits au domicile des parents et les villageois m'avaient très bien acceptée.

Joul dut l'interrompre à plusieurs reprises, car il ne suivait pas toujours le sens des phrases prononcées par Galina, qui maniait la langue allemande en termes choisis. Chaque fois qu'il la dérangeait dans son récit, elle l'embrassait gentiment, puis reprenait son récit plus lentement.

— Là-bas, vers l'ouest, on commençait à percevoir le son du canon et, fin septembre 1941, parvint au village, sans que nous ayons aperçu le moindre soldat allemand, la nouvelle que la ville de Kiev, située à plus de deux cent kilomètres au nord, venait de tomber aux mains des nazis. Un matin, un détachement d'une vingtaine de soldats russes arriva au village. Ils demandèrent de la nourriture, déclarant que les Allemands n'étaient pas loin, que toute leur unité avait été faite prisonnière. Quant à eux, ils avaient décidé de ne pas se rendre et allaient continuer le combat. Le détachement, commandé par un officier, possédait un gros poste de radio. Ils demandèrent encore quelques renseignements, puis disparurent dans l'immensité de la forêt d'Uman. Entre-temps, deux camions russes escortés d'une dizaine de civils étaient arrivés au kolkhoze. Ils embarquèrent des caisses, des provisions, des valises, mirent le feu à l'école, aux divers bâtiments, abattirent les quelques bêtes à cornes qui se trouvaient dans l'étable, le plus gros du troupeau étant au pâturage, assez loin des lieux. Ils incendièrent aussi toutes les machines agricoles et s'éclipsèrent en emmenant le chef du kolkhoze et l'institutrice. Ils me laissèrent sur place sans explication.

Les villageois, après leur départ, récupérèrent tout le matériel et les stocks de provisions qui n'avaient pas brûlé, nommèrent un nouveau chef de village en la personne du vieux Fédor, qui avait déjà occupé ces fonctions avant l'ère du collectivisme. Le troupeau de vaches fut réparti entre les familles. Les champs furent également redistribués et cultivés. Et la vie continua comme si rien ne s'était passé. L'école ayant entièrement brûlé, le maire demanda si je voulais continuer à enseigner aux enfants du village. J'acceptai, ne voyant d'ailleurs aucune autre alternative. Il fallait bien que je subsiste. Les paysans m'aménagèrent une maison abandonnée, qui servait au stockage des sacs pour le transport des denrées provenant du kolkhoze : celle-là même que tu occupes avec tes camarades. C'était mon école. Les paysans meublèrent la pièce avec quelques bancs et tables, un tableau noir et un fourneau. Je récupérai, dans les débris de l'école incendiée, quelques bâtons de craie et des livres qui n'avaient pas entièrement brûlé. Je tapissai mon école avec quelques sacs de jute, et je commençai l'enseignement. Je n'avais plus que quelques élèves, les plus jeunes. Comme il n'y avait plus d'obligation, les paysans employaient les aînés aux travaux des champs.

Au début de l'hiver, les Allemands firent leur apparition au village : une vingtaine d'hommes appartenant à l'Intendance. Ils convoquèrent le chef du village, firent un recensement des animaux, des moyens de culture et des récoltes. C'était moi qui servait d'interprète.

Ils firent main basse sur plusieurs bêtes à cornes et sur un certain nombre de sacs de blé et de pommes de terre. Puis ils s'en allèrent. Le lendemain de leur départ, trois hommes armés, en uniforme de l'Armée rouge, apparurent au village. Eux aussi voulaient voir le chef du village. Ils avaient l'air menaçant. Ils exigeaient pour eux l'équivalent en nature de ce que les Allemands avaient prélevé. La marchandise devait leur être livrée et déposée à un certain endroit à l'orée de la forêt. Ils menacèrent de brûler le village si les moujiks ne s'exécutaient pas ou s'ils avertissaient les Allemands. Je sus plus tard qu'ils faisaient partie du groupe qui s'était installé dans la forêt en septembre, et qu'ils formaient une compagnie de partisans. Mais, vois-tu, Youl, de cela je te parlerai plus tard, enfin très bientôt.

Les paysans s'accommodèrent fort bien de cette situation. Ils préfèraient ce système à celui du kolkhoze qui leur avait tout pris, sans rien leur laisser. Ils vivaient au moins de leur travail, chichement, il est vrai, mais ils étaient libres de cultiver leur terre comme ils voulaient, comme leurs pères l'avaient fait avant la Révolution.

Galina avait parlé pendant près de deux heures, serrée contre son jeune ami, qui écoutait avec dévotion son récit débité d'une voix chantante. Soudain elle se leva d'un bond.

— Et notre sauna, Youl ? Je n'y pensais plus, j'étais si bien dans tes bras !

Elle se rendit dans son cagibi et revint de suite.

— Tout est correct, mon petit Fransouski ; nous allons pouvoir nous décrasser. Viens vite !

Joul s'était levé de sa chaise. Galina, déjà, s'était débarrassée de ses vêtements et se tenait nue devant lui. Il hésita un instant, contemplant ce joli corps de déesse qui se découpait dans la lumière tamisée du four.

— Allons Youl, déshabille-toi, tu as honte ? Chez moi, dans mon pays, les hommes et les femmes vont au sauna ensemble.

Elle se colla contre lui et commença à lui déboutonner sa chemise. Joul, un peu décontenancé, acheva de se déshabiller et ils pénétrèrent dans la petite pièce en se tenant par la main. Il régnait dans le sauna de Galina une très forte chaleur. Elle alluma une bougie, qu'elle plaça dans un coin, et commença à s'affairer sur l'installation. Elle versa encore deux seaux d'eau dans la cuve et ouvrit le robinet alimentant la pomme d'arrosoir. L'eau aspergea les pierres chauffées à blanc et une vapeur brûlante envahit la pièce.

— Viens t'asseoir à côté de moi, mon ami.

Joul étouffait dans cette ambiance et commençait à transpirer. Tout son être vibrait d'émotion. Galina se serra très fort contre lui et leurs deux corps se fondirent en une étreinte chaste et pure. Il sentait contre sa poitrine les petits seins fermes et durs de la jeune fille. Tous deux vibraient et frémissaient d'un bonheur inouï. Joul vivait là son premier amour.

Aucun geste obscène. Ils étaient seuls au monde, avec au cœur une passion violente, s'enlaçant avec pudeur, comme des enfants, mêlant leur sueur et leur tendresse dans un embrasement qu'ils auraient voulu ne jamais voir prendre fin.

Galina se détacha de Joul et entreprit de le savonner. Sa retenue initiale s'était légèrement atténuée et il passa à son tour la savonnette sur le corps ruisselant de son amie. Ils s'assirent à nouveau sur le banc et y restèrent enlacés jusqu'au moment où l'eau s'arrêta d'inonder les pierres. Ils se séchèrent ensuite devant le four de la pièce principale. Une sensation de bien-être les enveloppait d'une torpeur bienfaisante et salvatrice. Joul n'avait à cet instant plus honte de sa nudité. L'amour, c'était aussi cela...

Quand elle lui prit la main et le conduisit vers l'échelle qui accédait à sa couchette, il se sentit envahi d'un profond désarroi. Il se retrouva sous les couvertures rugueuses du lit de Galina sans se rendre compte que c'était une ferveur mystique qui l'y avait poussé.

Ils s'aimèrent sans retenue, mais avec une certaine décence pudique, comme des gosses qu'ils étaient encore tous deux, palliant leur inexpérience par un gigantesque élan d'infinie tendresse.

— Maintenant, Youl, tu m'appartiens, dit soudain Galina. Dans mon pays, lorsqu'une fille se donne à celui qu'elle aime, plus rien ne peut et ne doit les séparer. Je sais bien que tu dois partir bientôt mais moi, Galina, je t'empêcherai de me quitter. Je t'enchaînerai au fond d'une cave s'il le faut, jusqu'à la libération. Et je te tuerai si tu quittes ce village et que tu m'abandonnes. Tu es le seul être au monde que j'aie jamais aimé et je ne me résoudrai jamais, tu entends jamais, à te perdre. Ecoute ce grondement là-bas, vers Tcherkassy, c'est l'offensive générale des armées rouges. Bientôt elles seront là et tu seras libre, libre de rester avec moi. Je te sauverai, Youl, moi Galina, je te le jure !

Puis elle se tut et se blottit dans les bras de son jeune amant en passant et repassant ses doigts sur les sillons que l'épisode du Finger, là-haut près de Léningrad, avaient si cruellement creusés dans ses joues.

— Jure-moi toi aussi, maintenant, que tu ne me quitteras jamais, reprit-elle.

Un court silence s'établit entre eux. Joul serrait Galina contre son corps à l'étouffer. Joul ne s'attendait point à une si farouche détermination, et se demandait avec une certaine anxiété, dans son for intérieur, si Galina n'était pas en train d'échafauder un rêve insensé ou alors si elle était vraiment résolue à aller jusqu'au bout de sa détermination. Le ton de sa voix avait changé et Joul en restait abasourdi et stupéfait.

— Alors, Youl, tu me jures sur notre amour que tu ne me quitteras pas ?

— Ma petite colombe, rends-toi compte que demain, si la compagnie devait quitter le village et que je manque à l'appel, ils brûleraient maison après maison pour me retrouver, ils redeviendraient des hyènes et tueraient femmes et enfants s'il le fallait. Et si on me retrouvait, je serais fusillé sans autre forme de procès. Je vois bien que tu ne les connais pas. Elle desserra l'étreinte qui les unissait, ralluma la bougie et s'affaira sur une pierre qu'elle descella de la hotte de la cheminée. De l'excavation, elle retira un sac en toile et l'ouvrit devant lui.

— Ceci, ce sont mes papiers et mes diplômes, et sur cette feuille figurent le nom d'un certain commissaire de l'armée rouge, le numéro de son véhicule, la date et le lieu où il a commis son crime. Et cela c'est un poignard.

Elle bondit comme une furie et s'écrasa à califourchon sur la poitrine de Joul. Elle le coinça entre ses jambes, puis elle plaça la lame sur sa gorge.

— Jure-moi maintenant que tu ne me quitteras pas, Youl, jure-le vite, sinon je te tue et je me suiciderai ensuite.

Aucune peur n'étreignait le jeune soldat, malgré cette situation plutôt importune. Il resta pétrifié, les yeux rivés sur ceux de Galina, qui brillaient d'une lueur indéfinissable. Ses beaux cheveux d'or couvraient ses seins nus. Il ressentit dans les jambes qui enserraient son corps un tremblement nerveux et saccadé. Qu'elle était belle dans cette attitude de sauvageonne ! Un léger frisson le parcourut lorsqu'elle appuya légèrement le fer de sa lame sur sa gorge.

Alors, comme dans un rêve, sans hésitation, mais toutefois parcouru par un terrible pressentiment, il répondit enfin :

— Galina, ma chérie, moi non plus je ne veux pas te perdre, et je te jure sur la France, ma patrie, que quoi qu'il puisse arriver par la suite, je ne te quitterai plus.

Elle lança la dague à l'autre bout de l'alcôve, éteignit la bougie et s'abattit de tout son poids sur le corps de celui qui, maintenant, lui appartenait complètement. Elle pleura longuement sur sa poitrine. De longs sanglots agitaient tout son être. Et Joul pleura avec elle dans le silence et la complicité de la nuit.

Mais par quel hasard le destin avait-il donc jeté dans les bras l'un de l'autre ces deux jeunes créatures ? Etait-ce leurs malheurs réciproques ? Elle, petite apatride du nord, licenciée en langues, âgée de vingt-et-un ans, et lui, Lorrain de dix-huit ans à peine, enrôlé de force dans une armée qu'il détestait à mort. Ils se trouvaient réunis dans l'amour, échoués sur un matelas dans une petite isba d'Ukraine épargnée jusque là par la guerre.

Etrangers encore il y a trois jours, ils venaient de connaître la plus formidable histoire d'amour du monde. Ils avaient juré de s'aimer toujours, de ne plus se quitter alors que la conjoncture du moment leur était totalement défavorable, et les serments qu'ils s'étaient faits mutuellement pratiquement irréalisables. Et tout à l'heure, ils avaient pris des décisions irréversibles . Il pensait à cette phrase prononcée par Galina : « Je te sauverai, je le jure. »

Joul songeait aux conséquences de son serment. Galina, elle aussi, demeurait silencieuse, sa tête posée sur la poitrine de Joul. Elle aussi échafaudait des plans pour la réussite de leur entreprise.

La nuit était bien avancée. Ils n'avaient pas dormi et n'en éprouvaient aucune envie. Chaque minute leur était précieuse. Déjà le jour commençait à poindre et le moment arriva où il fallut se séparer.

Avant de se quitter, Galina retint encore Joul contre elle.

— Ecoute, Youl, il faut que je te dise quelque chose. La nuit prochaine, je serai absente de chez moi. Je sais que cela ne te fera pas plaisir. Ne pose pas de questions mais il faut que tu me fasses confiance. J'ai réalisé tout à l'heure que nos projets présentaient d'énormes difficultés et je dois prendre d'importantes dispositions pour qu'ils aboutissent.

Elle effaça d'un long baiser la moue de déception qui était apparue sur le visage de son amant, le poussa avec gentillesse vers l'extérieur et s'enferma dans sa masure. Cet empressement à le congédier le surprit et l'attrista momentanément.

Joul rejoignit son bivouac. Claus et Erik dormaient encore. Il s'assit à côté d'eux, songeur, et attendit l'heure du réveil qui ne tarda guère.

Claus, avec son air narquois habituel, et aussi par curiosité, lui lança :

— Alors Joul, déjà prêt ? T'en fais une gueule ! Ta chérie t'aurait flanqué à la porte que cela ne m'étonnerait pas.

— Oui Claus, tu as deviné juste, mais elle m'a flanqué à la porte avec un long baiser d'amour.

Claus rit de bon cœur, puis il reprit dans son patois sarrois :

— Moi aussi, j'ai fait la connaissance d'une belle brune que je dois revoir cet après-midi. Veux-tu me remplacer à mon tour de garde de 14 à 16 heures ? Je te revaudrai cela une autre fois. Joul acquiesça de bon cœur. Cela lui ferait 2 heures de calme et de solitude au poste de veille. Il pourrait reconstituer tranquillement les événements de la nuit précédente et laisser ainsi vaquer ses pensées vers Galina.

Dans la journée, un escadron d'énormes chars traversa le village en labourant la route de leurs chenilles, y creusant de profonds sillons boueux. Ils transportaient sur leurs plages arrière des fantassins portant l'insigne de la Division Grossdeutschland et se dirigeaient vers Tcherkassy, où le canon grondait avec de plus en plus d'insistance.

Joul prit la garde de Claus. Dans les alentours du village, des paysans vaquaient dans leur champ et ramenaient au village les dernières récoltes de pommes de terre et de betteraves.

Seul dans son abri, car les sentinelles n'étaient doublées que la nuit, il revoyait en pensée ce qui venait de se passer ces trois derniers jours. Il était obsédé par le beau regard limpide de Galina. Il pensa soudain à l'épisode du poignard et passa machinalement sa main sur sa gorge, là où elle avait appuyé son arme. Il se demandait si elle aurait mis ses intentions à exécution, au cas où il n'aurait pas accepté de prêter serment. Il revit la lueur farouche qui brillait dans ses prunelles à ce moment-là et l'expression décidée de son regard.

Quels moyens Galina allait-elle inventer pour le sauver ? Il n'en savait rien, mais il lui faisait confiance. Toutefois une terrible angoisse le tenaillait en ce qui concernait le sort qui serait réservé à ses parents s'il était porté déserteur. Une panique soudaine s'empara de lui. Et si Galina échouait dans son entreprise ? Et surtout, comment envisageait-elle la réalisation d'un tel programme ?

Nuits d'angoisse

Le soir venu, il ne put s'empêcher d'aller gratter à la porte de l'isba de Galina. Mais personne ne répondit. Où pouvait-elle bien être et que manigançait-elle ?

Il retourna à son tas de paille et s'endormit comme une masse. La journée suivante se passa en déchargement de camions de matériel qu'un convoi avait amené au village. Les hommes du convoi évoquèrent alors une attaque de partisans qui s'était déroulée la veille dans la forêt d'Uman. Le dernier véhicule d'un convoi était tombé en panne. Lorsque le chef de convoi s'était rendu compte de l'absence d'un véhicule, il avait stoppé son avance, envoyé une patrouille vers l'arrière. Ils avaient découvert le camion à moitié vide, les quatres convoyeurs désarmés, déshabillés et égorgés. Aucun coup de feu n'avait été entendu. Lorsque l'un des hommes voulut remettre le véhicule en marche, le moteur piégé lui explosa dans la poitrine. A la suite de cet événement, les patrouilles de nuit furent renforcées, une attention soutenue fut demandée aux sentinelles et la troupe devait avoir regagné ses cantonnements à partir de 20 heures.

Joul enfreignit le règlement, avertit son ami Claus et le soir venu, rejoignit l'isba de Galina. Elle lui ouvrit la porte précipitamment et s'élança dans ses bras avec un tel élan qu'il faillit tomber à la renverse.

— Youl, j'ai une grande nouvelle à t'annoncer, tu vas être libre bientôt. Dans deux jours nous serons loin d'ici. Viens vite, montons là-haut dans notre chambre, nous serons bien plus à l'aise pour en parler.

Elle trépignait de joie et Joul se demanda bien ce qu'elle avait pu inventer. Une fois qu'ils furent installés sous les couvertures, elle commença son récit.

— Je t'avais parlé, il y a deux jours, de cette équipe de soldats russes commandés par un officier, qui ne s'étaient pas rendus aux Allemands, qui s'étaient installés dans la forêt d'Uman et se faisaient parfois ravitailler par le village. Depuis près de deux ans, je leur sers d'agent de liaison auprès du chef du village. Il n'y a que lui qui soit au courant du rôle que j'ai joué jusqu'à présent, bien que tous les habitants connaissent l'existence de ce groupe. La nuit dernière, j'ai marché longtemps, très longtemps, jusqu'à ce que j'arrive à l'un des repaires des partisans. L'officier qui les commande était absent. L'un de ses adjoints m'a reçue et je lui ai expliqué qu'il y avait un Français parmi les soldats allemands du village, qu'il voulait s'évader le plus tôt possible. Cet homme n'avait pas l'air de comprendre et paraissait incrédule et méfiant. J'ai donc griffonné un mot à l'adresse de l'officier à qui le papier devrait être remis dès son retour.

Je lui ai également demandé, afin de m'épargner une nuit de marche, de fixer le rendez-vous pour la réponse au lieu habituel, à l'orée de la forêt. Demain soir, j'aurai la réponse, mais je suis sûre que l'officier qui est un homme intelligent et qui a confiance en moi, acceptera ma proposition. Je serai donc absente demain soir jusqu'à 22 heures, heure à laquelle tu pourras venir me voir pour connaître la décision définitive et les conditions de ton ralliement. C'est tout pour ce soir, Youl, je ne t'en dirai pas plus et ne me pose plus la moindre question à ce sujet. Serre-moi fort dans tes bras et aime-moi.

— Mais Galina, cela fait deux nuits que tu n'as pas dormi et tu as marché toute la nuit dernière ? Tu n'es pas morte d'épuisement ?

— J'ai dormi toute la journée, Youl, je suis fraîche comme un nouveau-né, et puis rien que de te sentir contre moi suffit à effacer toutes mes peines.

Elle détourna la conversation sur d'autres sujets, parlant d'elle, de sa présence dans les différentes facultés. Elle posa des questions diverses sur la France qu'elle ne connaissait que par ses lectures. Elle savait toutefois que c'était un beau pays, qu'on y vivait bien et que les Allemands l'occupaient. Puis elle revint à ses stages à l'étranger.

— Là-bas à Lvow, on m'appelait « la louve de la taïga ». Ma résistance à toutes leurs tentatives pour me séduire rebutait les garçons. Oh ! je n'ai pas honte de te l'avouer, par deux fois j'ai succombé à leur charme. C'était à la suite de fêtes organisées en fin de stage par les étudiants. La vodka coulait à flot et nous étions tous plus ou moins éméchés. Et puis, il n'y eut aucune suite, le lendemain j'avais tout oublié, les garçons aussi d'ailleurs. J'étais redevenue « la louve de la taïga » et je le suis restée.

Elle se jeta sur Joul, lui labourant le dos de ses ongles et le mordit cruellement à l'épaule. Il sentit sa peau craquer sous la morsure et tressaillit. Elle remarqua immédiatement qu'il avait ressenti une douleur et se confondit en un interminable couplet de litanies d'excuses proférées en langue russe. Joul la couvrit de baisers. Galina était déchaînée.

— Je suis si heureuse, vois-tu, mon Youl, tu m'emmèneras avec toi en France, après la guerre ; tu sais, les Carpathes ne sont pas loin. On pourra s'y cacher en attendant.

Elle mélangeait tout, passant d'un moment d'euphorie à une période plus violente. Quelle fille ! Joul en oubliait de penser aux lendemains dont il ignorait de quoi ils seraient faits. Il appartenait tout entier à la louve de la taïga, elle lui avait tout pris, le cœur, l'âme et la raison.

Une question toutefois lui brûlait la gorge. Il la confia à la jeune fille :

— Galina, tu ignores une chose, c'est qu'après avoir déserté, les Allemands vont s'attaquer à ma famille. Mes parents seront déportés, ils mourront peut-être dans un camp à cause de moi, car si je suis ici c'est pour eux.

La jeune fille réfléchit quelques instants puis éluda le problème en expliquant qu'elle allait écrire une lettre adressée au commandant de compagnie, qu'elle remettrait au vieux Fédor, à charge pour ce dernier de la transmettre dès la désertion effectuée. Dans cette lettre, elle déclarerait être l'instigatrice de l'enlèvement d'un soldat de l'unité, elle lui aurait subtilisé son arme et l'aurait livré aux partisans.

Bien qu'estimant cette initiative d'une candeur assez naïve, Joul pensa qu'après tout cela pouvait réussir et éviter à sa famille d'éventuelles représailles. Il essaya de ne plus y penser. Seule, maintenant, pour lui comptait la réussite de leurs projets. Galina avait repris le cours de son babillage. Elle avait entrepris de faire traduire à Joul tous les mots en français qui lui passaient par la tête. Il était subjugué par les facilités d'assimilation et l'accent chantant qu'elle employait dans l'interprétation des termes français qu'elle voulait connaître.

Elle parla longtemps encore, puis soudain sa tête se posa sur l'épaule de Joul. Sa respiration se fit plus lente. Il passa sa main dans les cheveux de la jeune fille qui s'était lovée contre lui et s'était endormie. Joul essaya de chasser de son esprit toutes les questions angoissantes qui l'avaient poursuivi ces derniers jours. Dans le silence de la nuit, il perçut à nouveau le grondement lugubre et persistant du canon, là-bas, vers Tcherkassy. Epouser toutes les initiatives de Galina, plutôt que de retourner vers le charnier, il n'y avait plus d'autre alternative. Et Joul s'endormit à son tour.

Quatre coups sourds frappés contre la porte les firent sursauter. Joul enfila rapidement son pantalon et dégringola dans le noir les marches de l'échelle.

— Qui est là ?

— C'est moi, Claus, dépêche-toi ! Dans vingt minutes, ce sera l'heure du rassemblement.

Galina aussi, enveloppée dans une couverture, avait rejoint Joul dans la pièce. Il lui expliqua que c'était Claus et qu'il était convenu qu'il frapperait quatre coups en cas de besoin. Elle parut rassurée. Joul s'était habillé rapidement. Avant de quitter Galina qui le retenait en l'embrassant, il ouvrit la porte. Il faisait jour. Claus, sur le pas de la porte attendait. Galina passa sa tête dans l'entrebâillement, fit un signe de la main à ce dernier qui la contemplait avec admiration. C'était la première fois qu'il l'apercevait.

Les deux amis rejoignirent leur cantonnement. Joul se passa un peu d'eau sur le visage, pendant que Claus ne tarissait pas d'éloges sur la créature qui lui était apparue tout à l'heure. Il évita toute allusion libertine, contrairement à son habitude. Il répéta à plusieurs reprises.

— Dieu, qu'elle est belle. Je n'ai jamais aperçu de fille pareille en deux ans de présence en Russie.

— Moi non plus, Claus, je n'ai jamais connu de ma vie de fille aussi formidable que Galina.

Le prénom lui avait échappé.

— C'est un prénom d'ange, renchérit Claus.

Ils rejoignirent la section rassemblée près de la maison occupée par le *Feld*.

L'ordre du jour était chargé. L'unité venait d'être dotée de nouvelles mitrailleuses qui différaient nettement de celles alors en service. Sous le préau, près de la fontaine, les hommes s'initiaient au démontage et au remontage des armes.

L'après-midi, sous la pluie, elles furent essayées dans les champs, face à la forêt. L'arme s'avérait d'une efficacité terrible. La cadence de tir, infernale, dépassait les mille coups minute. Elles furent attribuées aux groupes et c'était ainsi que Claus devint tireur attitré à la mitrailleuse du premier groupe de la première section de la 2e compagnie.

Le soir venu, et pour permettre à Joul de revoir sa bien-aimée, Claus se proposa de prendre son tour de garde de nuit à sa place. Joul accepta naturellement. Quel brave gars que ce Sarrois, son seul ami dans cette section !

— Ainsi, tu pourras encore passer une nuit avec ta blonde, veinard, car ce sera peut-être une des dernières. Ils ne vont pas nous laisser profiter longtemps encore de vacances dans ce patelin.

Le repas du soir fut exceptionnellement amélioré. Le chef du village avait fait don à la compagnie d'un jeune taureau, et ce fut la première fois que des biftecks étaient servis à la troupe. L'adjudant Ruhmer fit son apparition dès le repas terminé. Il affectionnait particulièrement la causette avec les anciens de Léningrad.

Il s'adressa avec le sourire à Claus et à Joul :

— Vous deux, je ne vous vois pas souvent le soir à votre cantonnement. Vous préférez certainement un bon matelas à votre tas de paille, un bon matelas avec une belle couchée dessus.

Claus, d'un air gouailleur, lui répondit.

— C'est tout de même plus agréable que de passer ses nuits avec Erik.

Ils partirent tous d'un grand éclat de rire. Puis Ruhmer parla de sa femme et de son fils qu'il n'avait pas revus depuis un an. Il donna aussi quelques renseignements sur la situation du front : les Russes attaquaient en force du nord au sud. Kiev était sur le point de tomber entre leurs mains. La plus grande partie des troupes allemandes s'était maintenant retranchée derrière la rive ouest du Dniepr, en attendant l'hiver.

A la question de Joul qui tentait de savoir, et pour cause, si le séjour au village allait se prolonger, il répondit qu'il n'était pas au courant d'un prochain départ ; mais que, vu l'armement qui venait d'être affecté à l'unité, cela ne saurait tarder.

Après le départ du chef de section, Joul voulu savoir si Galina avait déjà quitté le village pour son rendez-vous avec les partisans. Il faisait nuit noire et la pluie tombait de plus en plus fort. Personne ne répondit à son signal. Il resta toutefois tapi devant sa porte, angoissé et inquiet, mais fier du courage qui animait la jeune fille. Elle encourait des risques énormes pour lui, car les sentinelles et les patrouilles avaient l'ordre d'ouvrir le feu sans sommation sur toute personne civile circulant dans ou hors du village après le couvre-feu. Et puis, comment s'y prenait-elle pour passer entre les postes de garde ?

Joul, en attendant vingt-deux heures, rejoignit son cantonnement, fit sécher sa veste trempée près du poêle et s'étendit sur la paille, la tête sur son barda. Claus courait les filles et Erik était de faction. Deux lampes à pétrole éclairaient les murs de ce qui avait été l'école de Galina. Il s'imagina la jeune institutrice officiant en ces lieux, puis soudain il revit l'éclair de haine qui avait irradié ses yeux à la première seconde de leur rencontre ; ce regard qu'il avait soutenu intensément et qui s'était abaissé après avoir subitement perdu de son outrecuidance. Il s'interrogeait encore sur ce qui venait de lui arriver en quelques jours. Avait-il rêvé ? Il avait tenu entre ses bras une femme partisan. Tous deux avaient arraché à la terreur, à la haine, à la furie des hommes quelques heures de bonheur. Envers et contre tout ce qui aurait normalement dû les séparer, ils avaient fait triompher l'amour, leur amour. En ce moment même, Galina affrontait les pires dangers pour lui prouver sa passion. Elle avait décidé de le sauver et de l'arracher aux griffes de l'armée allemande, au mépris de tous les périls et en bravant la mort. Il n'était pas possible de douter une seconde de l'amour de Galina.

Il n'avait, par ailleurs, pas la moindre incertitude à ce sujet. En attendant vingt-deux heures, il écrivit encore une longue lettre à ses parents, et se méfiant de la censure, il évita de citer le nom de Galina et surtout de parler de ses futurs projets. Les pauvres vieux apprendraient bien assez tôt que leur fils avait été enlevé par les partisans ou était porté disparu.

A 22 heures précises, il gratta aux volets de la chaumière du fond du jardin.

La porte s'ouvrit comme d'habitude, tandis qu'un bras l'attirait à l'intérieur. La jeune fille alluma deux bougies et ouvrit largement la porte du four. Joul distingua alors une silhouette noire, crottée et trempée jusqu'au cou, la tête enveloppée d'un foulard sombre. Elle venait d'arriver depuis quelques minutes.

— C'est moi, Galina, tu ne me reconnais plus ? Il est vrai que je dois ressembler plutôt à un sanglier qu'à une louve.

Elle mit un doigt sur les lèvres de Joul en lui demandant de ne pas poser de questions maintenant, s'imaginant très bien qu'il était impatient de connaître les résultats de son entrevue nocturne. Elle plaça un seau d'eau dans l'ouverture du four.

— Dépêche-toi et aide-moi à me déshabiller. Je grelotte de froid.

Joul la débarrassa rapidement de sa veste de moujik, défit le foulard qui maintenait ses longs cheveux ; ceux-ci se répandirent sur ses épaules. L'éclat d'acier d'un poignard scintilla dans la boucle de sa ceinture. Alors, seulement elle l'embrassa fougueusement.

Il défit sa vareuse et la posa sur ses épaules. Galina frissonnait et tremblait. Elle défit son pantalon et ses bottes et se cramponna à lui. Joul la frictionna longuement, la tournant et retournant devant la portière de l'âtre, silencieusement.

Elle se lava rapidement, en utilisant l'eau qui avait tiédi dans le seau. Elle se sécha devant le four puis elle l'entraîna vers leur repaire.

Ils s'emmitouflèrent dans les couvertures. Il étala les cheveux humides de Galina sur sa poitrine et les caressa doucement. Alors seulement elle lui exposa les résultats de sa randonnée de la nuit.

— Ton évasion doit avoir lieu après-demain dans la nuit. L'officier commandant les partisans est d'accord et sera personnellement présent pour te recevoir. Il exige toutefois certaines garanties, car il se méfie énormément et craint un guet-apens toujours possible. Tout d'abord, il demande que demain, dans la nuit, je remette à un émissaire tous mes papiers et les tiens.

— Mais, je n'ai pas de papiers sur moi, ils sont détenus par les services de la compagnie. Je n'ai que ma plaque d'identité militaire.

— Alors nous lui remettrons ta plaque. En ce qui concerne la nuit suivante, et à l'heure et au lieu qui nous seront fixés, je devrai t'escorter. Il exige expressément que ce soit moi qui porte ton arme et les munitions.

Ces exigences, ces modalités, ces tergiversations effrayèrent sérieusement le déserteur en puissance. Galina s'en aperçut et le broya de toutes ses forces contre son cœur.

— Ce n'est pas terminé, Youl. Il m'a fait savoir que je serais entièrement responsable de tes faits et gestes durant tout le temps où nous serons parmi eux. Tu vois, nous ne nous quitterons plus et crois-moi, je te le jure à nouveau : je te sauverai, te protègerai, malgré eux et contre tous. Nous mourrons ensemble s'il le faut, mais plus personne, maintenant, ne pourra nous séparer.

Cette farouche détermination chassa en partie l'angoisse qui l'oppressait encore malgré tout. La décision qu'il avait prise de déserter était devenue irréversible : le processus était en route, et aucune marche arrière ne paraissait plus possible. Pouvoir quitter cet uniforme maudit qui lui collait à la peau, tout en gardant l'amour de Galina et en lui confiant sa vie, restait son seul objectif. Il ne présageait point ce qui pourrait advenir par la suite. Un monde inconnu allait s'ouvrir devant lui. Une confiance inébranlable l'unissait sans réserve à cette gosse qui faisait preuve d'un tel courage et d'une telle détermination, et tout devait se passer comme elle l'avait prévu. Il chassa prestement toutes les incertitudes qui allaient l'assaillir et prit Galina dans ses bras.

— Youl, murmura t-elle soudain, peux-tu me procurer pour demain du fil et des aiguilles ?

— Evidemment, ma louve.

— Donne-moi maintenant ta plaque d'identité afin que je ne l'oublie pas demain matin.

Il prit sa plaque, qu'il avait posée sur sa vareuse et l'enfila au cou de Galina.

— Youl, n'as-tu pas faim ?

— Mais il est minuit passé, Galina !

— Attends, je vais chercher des œufs

— Des œufs ! mais où vas-tu trouver des œufs à cette heure ?

— Dans la réserve à côté, avec ma récolte de pommes de terre, j'ai quatre poules sous un grillage et j'ai ramassé quatre œufs cet après-midi.

— Tu ne vas pas sortir en pleine nuit, car la patrouille pourrait te surprendre.

— Mais c'est juste à côté, derrière mon sauna ...

Déjà, elle enfilait son vieux manteau noir et revint quelques secondes plus tard avec ses œufs qu'elle se mit à faire cuire dans sa gamelle. Ils mangèrent leurs œufs et grimpèrent dans leur perchoir.

— Ne me laisse pas dormir ; tu sais, j'ai rendez-vous à 4 h 30 tout près d'ici, au bord de la rivière, avec un émissaire à qui je dois donner un accord définitif et à qui je dois remettre les papiers qu'ils m'ont demandés.

Joul la questionna à son tour.

— Mais pourquoi tous ces atermoiements et ces horaires différents ? Pourquoi ne pourrions-nous pas partir cette nuit ?

— Je t'ai déjà dit qu'ils étaient extrêmement méfiants. C'est la première fois qu'ils ont un cas aussi délicat à résoudre et ils craignent toujours un piège. Et puis, je ne veux plus que tu me questionnes à ce sujet. Tout ira bien. Serre-moi très fort contre ton cœur maintenant. C'est notre dernière nuit dans cette chambre et dans ce village. Demain soir, toute cette attente aura pris fin. Tu seras un homme libre et je resterai toujours auprès de toi.

Elle enchaîna encore, vraisemblablement pour s'empêcher de dormir, avec l'histoire du village qu'elle allait quitter. Un village qui n'avait pratiquement point souffert de la guerre et où les Allemands avaient très peu séjourné. Outre les prélèvements de vivres par l'intendance allemande et les rares convois qui l'avaient traversée, la bourgade vivait dans la tranquillité.

Il y avait bien sûr l'obligation de ravitailler aussi les partisans et Galina qui leur servait d'intermédiaire, avait souvent été obligée de freiner leur rapacité et leurs exigences en ce qui concernait la quantité de vivres que Fédor devait leur livrer à l'orée de la forêt. Le noyau de partisans était formé de militaires non ukrainiens. Ils avaient bien recruté par-ci par-là quelques jeunes de seize à dix-huit ans et les avaient formés à la guérilla. Seulement beaucoup de jeunes Ukrainiens, pour fuir le régime stalinien avaient rejoint l'armée Wlassow qui se battait aux côtés des Allemands. D'autres collaboraient ouvertement avec ces derniers. C'est pour cette raison que les partisans se méfiaient particulièrement des Ukrainiens. Galina n'était pas ukrainienne, et les partisans lui accordaient une certaine confiance. C'est ainsi qu'elle s'était rendue à plusieurs reprises dans leurs repaires, qu'elle connaissait assez bien. Dissimulés dans l'immense forêt, ils avaient creusé des tanières souterraines. Les sous-bois pratiquement impénétrables offraient des cachettes sûres, et les rares chemins d'accès étaient judicieusement camouflés. L'activité principale des partisans s'exerçait dans Uman et les environs. Ils s'attaquaient aux soldats isolés et aux dépôts de vivres et de munitions.

Un jour, ils avaient détruit quatre véhicules qui s'étaient engagés sur la route traversant la forêt. Ils avaient neutralisé le convoi et tué tous les soldats allemands. A la suite de cette attaque, les Allemands avaient envoyé un gros détachement pour ratisser la forêt mais ils avaient dû renoncer à leur mission en raison de la densité des sous-bois et de l'immensité de la forêt. Depuis, la route de la forêt n'était plus empruntée que par de gros convois escortés de blindés. Joul l'interrompit dans son babillage :

— Mais toi, comment as-tu vécu ces deux années ?

— Moi, j'ai cultivé le jardin entre l'école et mon isba. J'ai récolté des pommes de terre, des tomates, des betteraves que j'ai stockées dans ma remise derrière la maison. Le chef de village, Fédor, me fournissait chaque jour mon litre de lait et les paysans, très gentils avec moi, me donnaient qui un peu de blé pour mes poules, qui un morceau de pain. J'ai subsisté ainsi, me privant du nécessaire et du superflu.

Lorsque Fédor entreprenait un voyage sur Uman, une fois par mois, nous achetions du sel et les produits utiles à la consommation courante. Mais les partisans, à chacun de nos voyages, prélevaient une dîme sur les marchandises que nous avions achetées. Il ne nous restait plus grand-chose à l'arrivée au village.

Elle poursuivit ainsi sans discontinuer jusqu'à quatre heures du matin, entrecoupant son récit de gros et tendres baisers. Puis elle s'équipa pour sa sortie nocturne. Elle prit son étui de toile contenant ses papiers, vérifia que la plaque d'identité de Joul se trouvait toujours autour de son cou, fourra son poignard dans sa ceinture, qu'elle cacha sous sa veste molletonnée, noua ses longs cheveux sous son foulard noir, puis s'en alla dans la nuit, non sans avoir au préalable serré très fort Joul dans ses bras et couvert de baisers le visage de son ami. Il la suivit un moment et, quand il ne l'aperçut plus, il réintégra son cantonnement, inquiet mais confiant. Il s'endormit avec l'image de Galina, belle et splendide fleur du nord, dans son cœur et ses pensées.

Le rêve brisé

Une rafale d'arme automatique troua le silence de la nuit finissante. Successivement les trois mitrailleuses des défenses du sud du village se mirent à aboyer. Des voix hurlaient sur la route « *Partisanen* ». Des fusées éclairantes montaient dans le ciel et illuminaient les alentours. Tous les soldats s'étaient rués vers leur poste de combat. Ruhmer était là, cherchant à localiser les attaquants. Aucun sifflement de balles venant de l'extérieur n'était perceptible. Ruhmer comprit très vite et s'évertua à faire cesser le tir en injuriant copieusement les tireurs qui, pour la plupart, étaient des jeunes recrues. Entre-temps, le commandant de compagnie était également arrivé sur les lieux et s'entretenait avec l'adjudant-chef Ruhmer. Le silence étant revenu, les cadres avaient été requis pour rechercher l'origine des tirs.

L'aube se levait. Les sentinelles qui avaient ouvert le feu prétendaient avoir vu des ombres se profilant à une cinquantaine de mètres devant le poste d'observation et certains maintenaient avoir perçu des coups de feu venant d'en face.

Il faisait jour maintenant. Le capitaine ordonna des patrouilles à l'extérieur du périmètre de défense. C'est alors qu'on entendit une voix crier : « ça y est, j'en ai trouvé un. » Déjà deux jeunes arrivaient, traînant sur le ventre en le tirant par les pieds, un corps inerte qu'ils déposèrent triomphalement aux pieds de l'adjudant. Ce dernier, d'un geste rageur leur envoya à tous deux un violent coup de pied dans les jambes, qui les fit rouler dans la boue du chemin.

— Vous n'avez donc pas vu que c'est une femme que vous traîniez là ? hurla t-il d'un ton furieux.

A cet instant précis, Joul se retourna, saisi d'un terrible pressentiment. Il ne vit pas le visage du terroriste couché sur le ventre, mais ses yeux restèrent rivés à une longue chevelure blonde poissée de sang qui prolongeait le corps. Une veste molletonnée noire était retroussée vers le haut du buste. Mais déjà Joul avait compris et tout son être fut transpercé d'épouvante et d'horreur. Une angoisse terrible s'empara de lui. Les tripes nouées par le désespoir, il restait figé sur place, crucifié de douleur. C'était Galina, sa Galina ... Il n'y avait plus de doute. Quand le *Feld* Ruhmer la retourna sur le dos, un cri d'horreur faillit lui échapper, mais aucun son ne sortit de sa gorge. Il se détourna immédiatement, se retint aux rondins du poste de tir et se mit à vomir. Il sentit le sol se dérober sous lui et lutta pour ne pas défaillir. Non qu'il eût à cet instant formellement reconnu Galina, mais parce qu'elle n'avait plus de visage et qu'il lui était impossible de la reconnaître dans cet état. La rafale de mitrailleuse avait détruit tous les traits du visage de la malheureuse.

Un sursaut d'espoir, pourtant, le parcourut un petit moment. Et si ce n'était pas elle ? Il l'avait quittée il y avait deux heures à peine, belle silhouette altière pleine de divinité, de fraîcheur, de tendresse et de beauté.

Mais ces cheveux blonds, ces longs cheveux couleur d'or ensanglantés, il n'y avait qu'une seule chevelure pareille dans toute la Russie. Ce ne pouvait être que Galina. A cette seconde, du plus profond de son âme, la cruelle vérité, et une insurmontable douleur lui révélèrent la certitude des faits.

Ruhmer avait rabattu sur la poitrine de la malheureuse sa veste ouatée et avait fait placer un poncho sur son visage.

Le chef de corps, en présence de l'interprète, fit demander au maire, qui avait été dépêché sur les lieux, s'il reconnaissait l'intéressée comme faisant partie de ses ouailles. Le vieil homme regarda longuement le visage méconnaissable de la jeune fille et hocha négativement la tête. Non, il ne la connaissait pas. Personne d'ailleurs n'aurait pu la reconnaître. Mais lui, « le vieux », avait à coup sûr identifié les cheveux de la belle Lituanienne. Il se tut, mais il savait. Le regard sombre du vieil homme croisa un court instant celui de Joul, glacé d'horreur, toujours cramponné au blockhaus, à dix mètres de là.

On ne trouva aucun indice, aucun papier dans les vêtements de la jeune fille. Elle passerait pour une partisane et cela éviterait bien des désagréments au village. Deux hommes, requis par le maire, transportèrent le corps de l'infortunée directement au petit cimetière du patelin. L'enquête de l'autorité militaire s'arrêta là ! Il n'y avait pas de quoi fouetter un chat pour un cadavre russe supplémentaire.

Joul, pendant tout ce temps, était resté agrippé aux rondins du fortin. Il aurait voulu hurler sa douleur. Il resta muet. Il aurait voulu se jeter sur le corps de la malheureuse. Il resta les pieds rivés au sol, pétrifié. Courir vers la forêt là-bas en criant « C'est moi le Fransouski que Galina voulait faire évader », cela n'aurait servi à rien. On l'aurait abattu avant qu'il ait parcouru cinquante mètres. Il avait envie de pleurer, mais ses yeux restaient secs. Comme un dément, il fixait la trace sanglante que le corps de Galina avait laissée sur le chemin. Machinalement, il ramassa un étui de balle et le fourra dans sa poche. Il ajouta alors à son répertoire des maudits, les partisans de la forêt. Pourquoi avaient-ils tant tardé à la tirer des griffes de l'armée allemande ? Il leur imputait entièrement la mort de Galina et il se mit à les haïr avec une répulsion démesurée, autant qu'il détestait les nazis.

L'adjudant Ruhmer, s'étant aperçu du malaise de Joul, ne chercha pas à en connaître les causes. Il présuma que ce dernier était malade et le renvoya au cantonnement où il s'effondra dans la paille, laissant alors libre cours à son chagrin. Il pleura, pleura longtemps. Claus, qui venait d'arriver, le tira de son désarroi. Il s'assit à côté de lui et posa sa main sur son épaule.

— C'était elle, n'est-ce pas ? C'était Galina. Je ne l'ai aperçue que quelques secondes, mais ces beaux et longs cheveux, c'étaient bien les siens ?

— Oui, Claus, c'était elle, ma Galina !

— Mais fichtre, que fabriquait-elle à cette heure-là devant le poste de garde ? Tu étais bien avec elle cette nuit, que je sache ?

— Ecoute, Claus, je te dirai tout plus tard, mais je t'en prie, j'ai trop mal maintenant pour répondre à tes questions. En ce moment, mon cœur et mon âme sont auprès d'elle comprends-tu ? Je te remercie de ta sollicitude. Avec Phons qui n'est au courant de rien, tu es mon meilleur ami et tu sauras tout plus tard. Je te demande une chose : va jeter un coup d'œil du côté du cimetière. Tu me diras ensuite ce qui s'y passe. Qu'ont-ils fait d'elle ? Et puis renseigne-toi pour connaître les noms de ceux qui l'ont tuée.

Claus appuya très fort sa main sur l'épaule de son copain, et sortit, laissant ce dernier seul avec son immense douleur.

Dans cette école qui avait été celle de Galina, où il l'avait aperçue pour la première fois, il revécut minute par minute ce bonheur et ces moments de joie qui lui avaient fait oublier la guerre.

Il évoqua comme dans un songe ce regard d'abord terrible, chargé de haine, puis devenant plus serein, de Galina qui lui arrachait des mains la géographie russe. Puis elle avait posé la question « Pourquoi ? ». Cette fille apatride et déracinée qu'elle était elle-même, n'avait pas mis longtemps à comprendre la raison de la présence de Joul en ces lieux.

Ses baisers, d'abords empreints de sollicitude et d'affectueuse tendresse, s'étaient transformés, en quelques heures, en de fervents et brûlants baisers d'amour.

Leurs serments, leurs projets, ce poignard sur sa gorge pour lui prouver qu'elle était décidée à aller jusqu'au bout de ses serments, pour le sauver, ces risques qu'elle avait pris pour contacter les partisans et le rendre libre, les heures de félicité qu'elle lui avait accordées, tout cela, Joul le revivait intensément. Galina avait été son premier amour, la première femme digne de ce nom qu'il avait tenue dans ses bras, la première femme qui lui avait témoigné des sentiments d'affection et de délicatesse sans réserve. Ils s'étaient promis tous deux d'aller jusqu'au bout pour sauver leur bonheur. Ils avaient juré, juré encore et ils étaient absolument convaincus que rien au monde ne pourrait entraver leurs espérances. Tout s'était écroulé en quelques fractions de secondes dans le claquement diabolique d'une rafale de mitrailleuse.

Galina était morte pour avoir trop aimé et avoir trop fait confiance en son destin. Joul, à ce moment précis, aurait voulu mourir aussi pour pouvoir rejoindre Galina dans l'au-delà.

Quand Claus revint, il lui apprit qu'on avait enterré le corps de la jeune fille, à l'écart des autres tombes, le long de la murette du cimetière. Plusieurs balles l'avaient touchée derrière la tête et fait éclater son beau visage jusqu'à le rendre méconnaissable. Il lui donna aussi le nom des deux tireurs héroïques de la nuit. Joul pleura encore, en jurant de venger Galina à la première occasion. Claus essaya bien de le consoler. Mais rien n'y fit. Il ne comprenait pas comment Galina, qui avait, à plusieurs reprises, passé le système de défense du village, avait pu se laisser piéger ce matin-là.

Vers le soir, avant la tombée de la nuit, animé d'un ultime espoir, il se rendit à l'isba du fond du jardin. La porte, habituellement close, battait au vent. Il pénétra chancelant à l'intérieur de ce qui avait été pendant quelques jours la maison du bonheur. L'isba était vide : la table, les deux chaises, la petite penderie, l'étagère avec les livres, les ustensiles de cuisine, tout avait disparu. Même la porte du four où ne brûlait plus aucun feu avait été démontée. Hébété, il jeta avant de sortir un dernier et pitoyable coup d'œil vers le haut du four, et, au comble de la détresse, retourna se coucher dans sa paille.

Ses dernières espérances s'étaient envolées à jamais. Son corps était vidé de toute sa substance et il pleura encore.

Sur une page blanche qu'il arracha à un livre resté rangé sur l'étagère de l'école, il inscrivit ces quatre mots : « Adieu, ma Galina — Youl. » Puis il introduisit ce message dans l'étui de la cartouche qu'il avait ramassé sur les lieux du drame et scella soigneusement l'embout de la douille avec du suif de bougie.

Le lendemain matin, après une nuit agitée et peuplée de cauchemars, il se rendit au cimetière. A l'écart des autres tombes, contre la murette, un petit tertre de terre boueux, fraîchement remué, indiquait la dernière demeure de Galina. Deux branches de sapin entrecroisées le garnissait. Joul y enfonça son étui de cartouche avec son billet post mortem. C'était son dernier message et le seul hommage qu'il pouvait rendre à la belle Lituanienne qui s'était sacrifiée pour lui. A ce moment, il ressentit une douleur à l'épaule, là où Galina avait, deux ou trois jours auparavant, enfoncé ses dents. Il passa sa main par-dessus sa chemise et se rendit compte d'une légère boursouflure. C'était comme un dernier rappel de la louve de la taïga à celui qu'elle avait tant aimé, une sollicitation pour lui rappeler « Ne m'oublie pas ».

Il quitta ces lieux et redescendit vers le village. Au moment où il passait devant l'isba du vieux Fédor, ce dernier l'interpella et lui demanda de rentrer. Il servit à Joul un grand bol de lait caillé, puis, s'assurant que personne ne pouvait les apercevoir de l'extérieur, il retira de la doublure de sa veste un papier qu'il présenta au jeune soldat. Dans un monologue, où Joul ne comprenait rien, les noms de Galina et Franzouski revenaient souvent. Joul lut le papier qui était écrit en allemand de la main de Galina. C'était celui dont elle lui avait parlé et qui devait être transmis au capitaine commandant la compagnie, après leur départ du village :

Monsieur le Commandant,

Demain matin, un de vos soldats manquera à l'appel. Ne le cherchez point. Il est déjà loin d'ici. C'est moi, Galina, qui ai organisé son enlèvement avec l'aide des partisans de la forêt. Il sera considéré comme prisonnier de guerre et libéré lorsque les nazis auront quitté notre pays.

Le vieux Fédor reprit le papier des mains tremblantes de Joul et le lança dans les flammes du four.

Ainsi, Galina avait trouvé un palliatif aux craintes que Joul avaient formulées au sujet de sa famille, et transformé son évasion en enlèvement. Brave et douce petite fille, pourquoi as-tu commis l'imprudence de te faire surprendre et abattre si près du but ?

Désemparé, Joul rejoignit sa compagnie. Le lendemain soir, l'unité était mise en état d'alerte. Une rame de camions et quatre blindés étaient arrivés au village. Joul fut affublé d'un harnachement spécial sur lequel étaient arrimés quatre lance-roquettes anti-chars. Il fut affecté au groupe de commandement de l'adjudant Ruhmer et titularisé tireur anti-chars de la section. Tout cela s'était déroulé dans la plus grande indifférence de l'intéressé.

Quand le lourd convoi, dont les moteurs rugissaient et peinaient déjà sur la route transformée en bourbier, passa devant le petit cimetière, Joul aperçut pendant quelques secondes la petite butte de terre, là contre la murette. Des larmes difficilement contenues roulèrent sur ses joues. A nouveau, il ressentit une petite douleur à l'épaule. C'était l'ultime adieu de celle qui avait fait le sacrifice de sa vie en essayant, comme elle le lui avait juré, de le libérer de son uniforme détesté.

Les véhicules roulèrent toute la journée, patinant sous la pluie, dans la gadoue des chemins, se désembourbant et repartant. Dans chaque petit village, à chaque orée de forêt, des véhicules de toutes sortes, des blindés, des armes anti-chars, des camions étaient stationnés sous un camouflage méthodique. A croire que toute l'armée allemande s'était donné rendez-vous dans ce coin d'Ukraine.

Mais au fur et à mesure que le convoi avançait, le bruit de tonnerre lointain que l'on percevait au village se transformait en un roulement plus percutant. Le canon tonnait, grondait et les explosions massives et violentes devenaient maintenant nettement plus perceptibles.

Le convoi se dirigeait sur Tcherkassy, qui, dans le lointain, brûlait. Il se dirigeait vers le front, vers la guerre, mais aussi vers la mort. Totalement insensible et apathique, Joul assistait à cette approche de la camarde, sans réaction, ni crainte aucune. Que lui importait dorénavant ce qui pourrait bien lui arriver ! Galina était morte pour et à cause de lui. La rejoindre ne lui créait point la moindre appréhension. C'était devenu pour lui presque un désir, voire un espoir.

Son état moral et mental était au plus bas et la mort ne lui faisait plus peur. Il végétait déjà dans un autre monde. Il lui faudrait apprendre à revivre sans Galina, et cela lui paraissait insupportable et inconcevable. Il lui faudrait aussi toute une vie pour oublier l'image de celle qui fut son premier amour. Il se sentait moralement responsable de sa disparition. Rien ne pourrait jamais effacer de sa mémoire ce beau visage rempli de bonheur et de tendresse qui gisait maintenant sous un tertre boueux, dans un cimetière d'Ukraine. Pourquoi ? Pourquoi ? Pourquoi ?

Dans la cour de la caserne de Wittlich, des Lorrains incorporés de force posent devant l'objectif du photographe.

Doc. R.L.

Quelque temps plus tard, ces fringants jeunes gens découvrent l'horreur sur le champ de bataille.

Paris-Match, 1965.

Le siège de Leningrad dura 29 mois (septembre 1941-janvier 1944). Sur ce cliché, on voit des femmes quitter les maisons détruites par les bombes, emportant les quelques épaves qu'elles ont pu sauver. (A.P.N.)

Devant Leningrad, en 1943, Joul, Claus, le « vieux » Poméranien et Karl l'Autrichien « fêtent » le 14 juillet. Le bouquet, au premier plan, est constitué de bleuets, de marguerites et de coquelicots...

Quelque part devant Leningrad, séance d'épouillage près du bunker de repos de la section.

Joul armé du fameux *Panzerfaust.* La mitrailleuse est servie par Claus. Karl, l'infirmier autrichien, tient les jumelles...

Cliché Atlantic, Berlin.

Un vétérinaire militaire allemand dans un village russe, en 1943. Ce village ressemble à celui où était réfugiée Galina.

Paris-Match, 1965.

Des civils sont pendus par des officiers de la *Wehrmacht.* On les accuse d'avoir tiré sur des soldats allemands.

La route sanglante

La retraite

La compagnie bivouaqua au coin d'un bois. Après la distribution de la soupe, les hommes aménagèrent leur installation de nuit. Ils arrachèrent des branchages aux arbres pour s'isoler de la gadoue. Trempés, ils s'écroulèrent sur leurs couches improvisées. Joul s'installa sous un camion à côté de Claus. Ils tirèrent sur eux, ponchos, toiles de tentes, et s'endormirent sans un mot, Claus évitant d'importuner son copain qu'il savait être encore sous le coup et le choc qu'il avait subi la veille.

Il faisait encore nuit, lorsque le branle-bas du départ fut donné. Les hommes grimpèrent sur leurs véhicules qui péniblement se remirent en route sous la pluie et le crachin. Ils roulèrent toute la journée et encore une partie de la nuit, contournant Tcherkassy, pris sous les feux des canons soviétiques, et remontèrent vers le nord de la ville en flammes.

Ils rejoignirent une ligne de collines surplombant la rive ouest du Dniepr où des positions de défense avaient été aménagées. Ils devaient assurer la relève d'une unité qui, il y a trois jours encore, se battait à l'est du fleuve. C'était une troupe disparate, formée de rescapés de plusieurs régiments anéantis lors des derniers combats qui les avaient rejetés sur cette rive. Ces hommes étaient dans un état de délabrement extrême, les uniformes en loques. Certains étaient restés plusieurs jours sans manger, se nourrissant des dernières baies de l'automne, de betteraves crues trouvées dans les champs, d'herbe, de feuilles et de mousse. Ils s'étaient battus des jours et des jours contre un ennemi dix fois supérieur en nombre, subissant les charges effrénées des T34 qui avaient laminé des groupements entiers, pourchassés par les partisans qui exterminaient impitoyablement les groupes isolés. Ils avaient réussi à traverser le fleuve sur des embarcations de fortune. Beaucoup l'avaient passé à la nage. En attendant d'être relevés et regroupés, ils avaient été échelonnés le long des berges. Des armes et des munitions leur avaient été distribuées, car la plupart de ces soldats avaient perdu tout leur équipement pendant la traversée.

Selon leurs dires, de nombreux éléments de la *Wehrmacht* demeuraient encore de l'autre côté. Une forte escouade de *Feldgendarmen* accompagna ces malheureux vers l'arrière. Cela signifiait que ces personnels allaient vraisemblablement devoir rendre des comptes sur les motifs d'abandon d'armes et de matériel. Car, dans l'armée allemande, on ne devait sous aucun prétexte perdre le moindre élément de son équipement et surtout pas son arme. C'était ainsi, quelles que soient les circonstances. La 2e compagnie s'installa donc sur la colline dans des tranchées et emplacements de combat qui avaient été aménagés avec soin. Des bunkers de repos bien enterrés et bien protégés étaient dissimulés dans les taillis et en contrebas des premières lignes. De l'autre côté du fleuve, qui mesurait à cet endroit près de deux cent mètres de large, s'étendait une plaine assez étroite, ressemblant à un marécage parsemé de buissons et de taillis de moyenne hauteur. Aucune activité ne semblait troubler ce secteur. La première nuit, les guetteurs furent alertés par des appels en allemand : « Camarades ! Camarades ! Ne tirez pas ! Nous sommes un groupe de rescapés du dixième régiment d'infanterie ; nous avons un radeau et nous allons traverser. » La nuit était sombre et il pleuvait. Le *Feld* Ruhmer, averti, émettait des signaux lumineux avec sa lampe de poche, tout en recommandant aux guetteurs de rester sur le qui-vive. Puis il demanda aux survivants de la boucherie d'entreprendre la traversée.

Au bout d'un long moment, cinq hommes abordèrent et prirent pied sur la rive libératrice. Cinq hommes en haillons, trempés, crottés, barbus, et les yeux hagards, débarquèrent d'un assemblage de rondins et furent recueillis par la section. On les installa dans le réduit de repos ou se trouvait Joul, qui oublia quelques instants sa peine, car il venait de reconnaître parmi ces cinq miraculés, Lucien, de Sarreguemines, qui avait effectué ses classes avec lui à Wittlich. Les deux Lorrains tombèrent dans les bras l'un de l'autre. Joul servit un café brûlant à cet ami retrouvé, lui fit manger un fond de soupe qu'il réchauffa sur le tonneau qui servait de fourneau.

Dans le bunker régnait une douce chaleur et les cinq rescapés purent se sécher. Ils restèrent deux jours au P.C. du *Feld* Ruhmer, fournirent tous les renseignements en leur possession sur les positions et les éléments russes situés de l'autre côté. Entre-temps, Lucien avait eu le temps de raconter à Joul les épreuves impitoyables qu'ils avaient dû endurer depuis deux mois, c'est-à-dire depuis la chute de Kharkow aux mains des Soviétiques. L'unité à laquelle appartenait Lucien s'était battue pied à pied, perdant tous ses éléments de soutien, harcelée jour et nuit par des nuées de chars et de fantassins de l'Armée rouge, fanatisés à l'extrême. Les survivants de la tuerie étaient arrivés aux abords du fleuve, ayant épuisé toutes leurs munitions. Ils n'avaient plus qu'une seule idée, qu'une seule aspiration : arriver sains et saufs de l'autre côté du Dniepr, ce qui devait assurer la fin de leurs souffrances et de leur calvaire.

Lucien faisait partie du dernier groupe des survivants. Ils étaient une douzaine d'hommes commandés par un sous-officier qui avait scindé l'escouade en deux équipes, se suivant à un intervalle de cent mètres. Ils arrivaient à proximité du fleuve et cheminaient le long d'une laie forestière, lorsque l'équipe de tête fut brutalement assaillie au détour du chemin par une horde de partisans qui voulaient intentionnellement les prendre vivants. Un seul coup de feu fut entendu et un partisan s'écroula sur la piste, ce qui eut pour effet de déchaîner la fureur et la frénésie des agresseurs. Le groupe dont faisait partie Lucien ne fut pas découvert par les partisans et se lova dans les buissons et fourrés bordant le chemin ; paralysés par l'effroi, ils durent alors assister à une séance d'une sauvagerie frisant l'abomination la plus abjecte. Lucien tremblait de tous son être en relatant cet épisode à Joul.

Bien que le premier groupe eût levé les mains pour se rendre, les Russes obligèrent les prisonniers à se déshabiller. Pendant que les uns leur maintenaient bras et jambes, les autres, à l'aide de pierres, enfoncèrent les baïonnettes récupérées jusqu'à la garde dans le ventre des suppliciés, les clouant vivants sur la piste de la forêt. Des hurlements atroces et désespérés montèrent dans les frondaisons. Mais la plus ignoble monstruosité se déroula dans la foulée. Armés de poignards, ces infâmes créatures arrachèrent plutôt qu'ils ne les tranchèrent les parties génitales des malheureux et les leur enfoncèrent dans la bouche. Le sous-officier qui commandait le détachement et qui avait blessé un Russe au cours de l'échauffourée eut encore droit à un traitement supplémentaire. Ils lui crevèrent les yeux. Les partisans riaient, plaisantaient et buvaient en assistant à ce macabre spectacle, se délectant des derniers soubresauts de leurs infortunées victimes. Au bout d'une heure, estimant que leur vengeance était suffisamment assouvie, ils s'enfoncèrent dans les bois, en quête d'éventuels et nouveaux exploits sur les soldats allemands isolés qui pouvaient encore se trouver dans la région. Ils ignoraient heureusement qu'à une centaine de mètres de là se terraient les hommes de la deuxième équipe, vivants, désarmés, mais qui avaient assisté dans la détresse et l'accablement à toute cette barbarie inhumaine, collés au sol comme des sangsues, retenant leur respiration, épouvantés à l'idée d'être à leur tour découverts. Après s'être assurés que les partisans avaient bien abandonné le secteur, les cinq hommes, en utilisant les buissons et avec d'infinies précautions se portèrent à hauteur des suppliciés. De faibles gémissements et des râles sortaient encore de leurs gorges, encombrées par leurs testicules ensanglantés. C'était vraiment un spectacle dont l'horreur dépassait tout ce qu'ils avaient vécu auparavant. Seuls les doigts des malheureux étaient encore agités de tremblements et de quelques soubresauts. Ils étaient encore tous vivants et les baïonnettes plantées dans leurs entrailles ne permettaient point le moindre mouvement du corps. Le spectacle était terrifiant, effroyable et apocalyptique. Complètement paralysés et hallucinés par cette démente férocité, les cinq hommes de l'équipe, tous de simples soldats, ne surent prendre aucune décision, soit pour venir au secours de leurs camarades, soit pour abréger leurs souffrances.

Ils s'éloignèrent avec une immense prudence, se dirigeant, les tripes ravagées par l'angoisse, vers le Dniepr qu'ils savaient ne plus être loin. Ils s'arrêtaient à chaque instant pour écouter le bruit de la forêt, évitant le sentier, se déchirant dans les ronces et les épines bordant le chemin, l'œil et l'ouïe aux aguets. Le soir tomba lorsqu'ils atteignirent le fleuve et, enfin, la rive salvatrice. Lucien révéla aussi à Joul que parmi la première équipe figurait un jeune Alsacien qui, au moment de sa capture, avait hurlé « Ya Fransouski ! » à tue-tête. Mais cela ne servit à rien. Même le petit ruban bleu, blanc, rouge que la majorité des incorporés de force portaient sur eux et que l'intéressé agitait de toutes ses forces ne parvint pas à infléchir ses persécuteurs. Il subit le même sort que les Allemands. Et quand la baïonnette s'enfonça dans son ventre, il hurla encore « Ya Fransouski » jusqu'au moment où plus aucun son ne put sortir de son gosier obstrué par ses propres testicules. Joul restait abasourdi et sans voix. Il en avait déjà vu de toutes les couleurs, mais ne pouvait s'imaginer qu'une telle abomination puisse exister. Ce jour-là, Lucien relata aussi les pénibles moments vécus depuis la retraite de Karkhow, la ruée des chars russes défonçant tout sur leur passage, s'offrant un macabre plaisir à pourchasser jusqu'à épuisement les soldats blessés isolés, puis les écrasant sous leurs chenilles. Il décrivit aussi la barbarie des fantassins russes s'acharnant sur tout soldat allemand en qui la moindre parcelle de vie pouvait encore être décelée. Comment prévoir une évasion dans ces conditions ?

Quant au comportement de la Wehrmacht, il n'était guère plus respectable. Tous les bourgs, fermes, villages traversés avaient été systématiquement incendiés, sans souci des éventuels occupants qui n'avaient pu fuir à temps. D'innombrables femmes, enfants, vieillards et malades périrent ainsi dans l'embrasement de leurs misérables isbas. La loi du talion était ainsi respectée dans le déroulement de cet effrayant et implacable conflit où le massacre méthodique et le carnage insensé avaient remplacé toutes les lois de l'honneur et de la dignité. Le lendemain, Lucien fut renvoyé vers l'arrière ainsi que ses quatre compagnons que deux *Feldgendarmen* vinrent escorter. Joul n'entendit plus jamais parler de lui mais connaissait son adresse. Il commenta les événements racontés par Lucien à son ami Phons qui se trouvait toujours à la compagnie, mais qu'il n'avait pas le loisir de rencontrer souvent. Avec le récit de Lucien, ils durent se rendre à l'évidence que leurs chances de désertion étaient profondément réduites, quasi irréalisables.

Sur le front de l'unité, il n'y eut rien à signaler durant quelques jours. Les Russes ne semblant point vouloir se préoccuper de ce secteur, alors qu'au nord et au sud, le canon grondait avec vigueur. Un matin, un homme se présenta, seul, sur la berge opposée, au même endroit où Lucien et ses quatre compagnons avaient embarqué sur le radeau de fortune. Il longeait la rive, paraissait chercher un endroit pour traverser. La sentinelle avertit le chef de section qui se précipita, armé de ses jumelles, en dehors des tranchées. L'homme était un soldat allemand. Il portait sur ses épaules les insignes du grade de sous-officier. Un pansement entourait sa tête. Il ne portait ni arme, ni équipement. L'adjudant Ruhmer le héla afin d'attirer son attention, mais l'homme ne paraissait point se rendre compte de la situation. Ruhmer descendit alors sur la rive en agitant sa veste de treillis. Le soldat remarqua ce geste et se mit à l'eau. Il nagea en luttant contre le courant qui était assez violent. Encouragé par des éléments de la compagnie, il aborda enfin. Les personnels de l'unité présents aperçurent une espèce de cadavre ambulant, totalement engourdi, ne répondant à aucune question, regardant autour de lui d'un air hagard et stupide. Ruhmer le fit monter dans l'abri, il lui trouva des vêtements secs et lui fit boire du café chaud. Il fit appeler l'infirmier de la compagnie pour vérifier le pansement qui couvrait tout son crâne. L'homme ne parlant toujours pas, ne semblait rien entendre, ni rien voir. L'infirmier défit le pansement du blessé et s'aperçut qu'il portait une très vilaine blessure au crâne. Le commandant de compagnie demanda la présence du médecin du régiment qui, à son arrivée, diagnostiqua tout de suite que ce sous-officier était atteint d'amnésie et de démence. Il fut évacué vers l'arrière. Ce fut le dernier rescapé à avoir pu franchir le Dniepr et rejoindre les troupes allemandes. Personne ne sut jamais comment cet homme gravement blessé était arrivé jusque-là.

Cela faisait six jours que la compagnie avait rejoint ses nouvelles tranchées sur la colline. Ce soir-là, un hululement déchirant, que les anciens connaissaient bien, s'éleva de derrière les bosquets de la rive d'en face et tout le front s'embrasa simultanément. Pendant plus d'une heure, un déluge de fer et de feu s'abattit sur les positions. Une heure terrifiante, sous le tir des orgues de Staline qui pulvérisèrent une grande partie des installations. Puis les lueurs de départ de canons légers appelés ratch-boum et de mitrailleuses lourdes partirent des futaies, écrêtant les sommets des mamelons et rappelèrent à la 2e compagnie que les Soviétiques étaient là et que la guerre reprenait de plus belle. Plusieurs morts et blessés jonchaient les tranchées allemandes bouleversées. Une pluie froide continuait à tremper les uniformes. L'hiver n'était pas loin. Tcherkassy, à quelques kilomètres au sud, brûlait toujours et subissait un infernal feu roulant et continu depuis des semaines. Les positions du Dniepr étaient censées contenir l'offensive des unités soviétiques qui se reconstituaient elles aussi, à l'abri du fleuve, pour vraisemblablement préparer leur offensive d'hiver.

Un phénomène assez étrange se produisait chaque soir, à la tombée du jour. Par un incroyable concours de circonstances et une certaine entente tacite, et ce pendant une heure, le feu de toutes armes était suspendu de part et d'autre du fleuve. Ce qui devait permettre aux soldats des deux camps de se ravitailler en eau du fleuve, auquel on pouvait accéder par des boyaux spécialement aménagés à cet effet. Quant aux tirs d'artillerie et de *katiouchka,* ils s'intensifièrent au fur et à mesure des jours, occasionnant de nouvelles pertes. Joul éprouva un contentement sadique et perfide en apprenant que l'une des jeunes recrues qui avait abattu Galina venait de se faire broyer par un obus qui l'avait mis en pièces. Mais il en restait encore un de vivant. Joul le connaissait, car Claus, qui avait fait sa petite enquête, lui avait rapporté qu'un tel s'était vanté d'avoir, avec un camarade, descendu la femme partisan au village de Janskaia, et l'avait désigné à sa vindicte. Il appartenait à la section voisine et sa répulsion viscérale à l'égard de cet assassin était devenue si violente que Joul s'était juré, dans cette ambiance et ce climat féroce, de se faire justice lui-même, lorsque l'occasion se présenterait.

L'ombre de Galina ne le quittait point et son souvenir le hantait à tout instant. Il y avait quelques jours à peine, il tenait encore serré contre lui ce cher petit corps palpitant. Cette merveilleuse inconnue aux yeux couleur d'azur et à la chevelure blonde qui était devenue en quelques heures son amie passionnée et fidèle jusque dans la mort. Il revoyait sans cesse ce beau visage éclatant de bonté et de tendresse, cet éclair dans ses yeux brillants lorsqu'elle lui fit jurer de ne jamais l'abandonner. Mais la vision de ce pauvre corps, traîné dans la boue du sentier, l'accablait de désespoir et en même temps aggravait son hostilité, sa haine et sa répugnance obsessionnelle envers les partisans, les *Ivans*, la guerre, mais aussi et plus encore pour cet uniforme vert de gris dont il était affublé et qui lui collait à la peau comme une lèpre infecte. Il vouait aussi aux gémonies ce Dieu qu'on lui avait décrit plein de bonté et de miséricorde, pendant les cours de catéchisme , il y avait quelques années à peine. Ce Dieu que sa mère priait chaque jour pour qu'il protège son fils et qui lui avait laissé espérer pendant quelques jours qu'il pourrait exister autre chose dans la guerre que la barbarie et la folie destructrice des humains. Oui, ce Dieu était le seul responsable de la mort de Galina. Il avait détruit et broyé sa jeunesse. Il était la cause de tous ses malheurs, celui qui l'avait transformé en bête féroce et cruelle, désabusée et aussi inhumaine que tous ces répugnants guerriers massés le long des deux rives du Dniepr.

Les harcèlements d'artillerie sur les positions allemandes, le long de la rive ouest du fleuve, devenaient d'heure en heure plus virulents. Des essais de franchissement du cours d'eau par des unités légères russes échouèrent à maintes reprises et de nombreux cadavres suivirent la voie d'eau pour un dernier voyage vers la Mer Noire.

Les premiers flocons de neige firent leur apparition et le froid se fit plus mordant, mais la boue persistait toujours. La compagnie perdit encore plusieurs hommes dans le bombardement incessant qui s'abattait sur l'unité. Le *Feld* Ruhmer reçut un éclat dans le bras, se fit soigner sur place et refusa de quitter sa section. Claus, Phons, et Joul tenaient le coup et se réfugiaient stoïquement dans l'amitié commune qu'ils s'étaient forgée. Erik, la jeune recrue qui avait partagé avec Claus et Joul le cantonnement du village de Galina, fut sérieusement blessé et rapatrié.

Fin novembre, le régiment reçut brusquement l'ordre préparatoire de repli en direction de Winitsa. Kiev, la capitale ukrainienne du nord, venait de tomber aux mains des Russes, ainsi que Dniepropetrovsk au sud. Une tête de pont des Soviets était réalisée à Tcherkassy. Les blindés russes fonçaient vers l'ouest.

L'immense boucle du Dniepr allait se transformer en une gigantesque nasse, menacée d'un encerclement manifeste. Les journaux du front parlaient d'un repli stratégique et tous les combats livrés dans et autour de la poche étaient transformés par le Haut Commandement allemand en autant de victoires qui insistaient surtout sur la destruction massive des armées bolcheviques qui manifestaient un dernier sursaut avant leur destruction finale et définitive. La réalité devait s'avérer tout autre dans les jours et les mois suivants.

La neige mouillée qui ne cessait de tomber avait transformé les uniformes en défroques imbibées d'eau. Les capotes légères de l'armée protégaient très mal de la froidure. Le sol détrempé, ainsi que les pistes et les routes, défoncées par les engins de toutes sortes, étaient changés en bourbier où l'on enfonçait parfois jusqu'à mi-mollet. La gadoue qui s'engouffrait dans les bottes glaçait encore davantage les pieds meurtris. C'est dans ce contexte que la 2e compagnie reçut l'ordre de décrocher de nuit pour une étape de vingt kilomètres vers l'arrière. Les hommes chargèrent sur le dos leur paquetage de combat et c'est dans un cliquetis d'armes et d'équipements divers que commença le dur chemin de la retraite.

Les services administratifs et de ravitaillement avaient déjà déménagé la veille pour se porter sur les positions désignées. Ces privilégiés disposaient de trois véhicules et étaient commandés par un sous-officier, gras et bedonnant, détesté de toute l'unité pour son arrogance et sa pingrerie. Son nom : Spitz.

L'artillerie allemande couvrait ce repli par un feu incessant. Une équipe du génie, arrivée la veille, avait aussi miné les berges du fleuve. Ils avaient même

même piégé les croix du petit cimetière du régiment qui comptait une centaine de tombes sous lesquelles reposaient les corps des soldats tués lors de la canonnade de ces derniers jours.

Et pendant que le vrombissement des obus allemands passait au-dessus de leurs têtes et qu'un ruban pourpre embrasait la rive est du fleuve, le repli de l'unité se poursuivait dans la brume, le froid et l'obscurité. Les tympans sifflèrent longtemps encore après l'arrêt des tirs allemands, traumatisés par l'épouvantable vacarme provoqué par le rugissement des projectiles de toutes sortes qui avaient déchiré le ciel. Les yeux aussi avaient du mal à s'accoutumer à l'obscurité, après avoir subi l'infernal éblouissement provenant des lueurs de départ, des explosions et des lueurs de traînées des roquettes, fusées et torpilles. Des jurons s'élevaient dans les groupes lorsque, à tout bout de champ, l'un ou l'autre des hommes s'étalait dans la boue pour se relever un peu plus crotté et trempé, s'ébrouant dans un bruit de casseroles engendré par l'attirail arrimé sur les échines.

Joul et Phons avaient un long moment cheminé côte à côte pendant cette marche de nuit et s'étaient adonnés, comme à leur habitude, à des lamentations et plaintes réciproques, formant encore et toujours d'hypothétiques projets d'évasion. Mais le sort qu'ils savaient être réservé aux isolés par les équipages de chars, les fantassins et les partisans rouges les plongeaient dans une perplexité mêlée d'appréhension, d'épouvante et de désespoir. Alors pour se consoler, ils se disaient mutuellement que chaque pas, chaque kilomètre qui les menaient vers l'ouest, malgré le froid, la fatigue et la faim, les rapprochaient chaque jour un peu plus du pays. Ils plaçaient tous les deux leur espoir dans une blessure, une ambulance, un train sanitaire. C'était là l'essentiel de leurs conversations. Joul n'avait pas encore osé parler de son évasion ratée en compagnie de Galina, il y avait quelques jours à peine. Il craignait d'affecter son compagnon d'infortune par le fait d'avoir tenté une fuite sans que ce dernier ait pu y participer. Et puis, à quoi bon ! Cette tentative s'était soldée par un échec. Galina était morte. Joul voulait à tout prix garder dans le tréfonds de son âme, cette aventure qui s'était tragiquement terminée. Il jugea donc qu'il devait garder pour lui le souvenir de cette merveilleuse créature qui n'appartenait qu'à lui seul, ce secret intime avec son cortège d'accablement et de déchirement.

Ils marchèrent ainsi jusqu'à l'aube, se dirigeant, isolés, disséminés de-ci de-là, vers l'horizon tout proche. Quand le jour se leva, la compagnie s'étala le long d'une ligne de crête et les hommes s'écroulèrent autour des débris encore fumants et brûlants d'un emplacement d'artillerie dont les servants avaient incendié les installations avant de se replier, sans se soucier des malheureux fantassins qui prendraient leur relève et qui se trouvaient être dans une situation de fatigue extrême. Le répit auprès des brandons fumants, mais tellement réconfortants, ne dura pas bien longtemps, pas assez en tout cas pour assécher les corps et les équipements détrempés. Il s'agissait pour les personnels de l'unité de réaliser hâtivement une nouvelle ligne de défense en utilisant les emplacements encore existants de l'artillerie. Les sacs de sable qui entouraient initialement les pièces servirent à confectionner des parapets. Les monceaux de douilles d'obus abondonnées furent employés à réaliser des emplacements de combat. Bourrées de terre et de boue, stérées comme des rondins, ces douilles d'une longueur d'un mètre environ et d'un calibre impressionnant formèrent rapidement une ligne de défense assez convenable. Malgré la fatigue, les hommes redoublèrent d'efforts tant pour se réchauffer que pour assurer leur sécurité.

Vers midi, le *Feld* Ruhmer renvoya pour se reposer la moitié de sa section. Les hommes s'installèrent dans un abri qui avait servi de soute à obus aux artilleurs. Une équipe l'avait rendu habitable et un poêle confectionné avec un fût d'essence, dont le tirage était assuré par une tuyauterie composée de douilles, diffusait une appréciable chaleur.

Il y avait là Claus, Phons, Joul, « le vieux » et deux autres anciens de Léningrad, plus cinq ou six jeunes recrues avec lesquelles Phons et Joul n'avaient jamais essayé de sympathiser. Seuls les anciens éprouvaient pour les deux Lorrains une certaine mansuétude, réservée certes, mais toujours déférente et amicale. Le groupe s'endormit presqu'aussitôt sur le sol en terre battue, malgré les tenues ruisselantes et collantes de boue. Deux heures plus tard, la relève ramena ce même groupe dans la tranchée afin de parachever les travaux de défense. Les uniformes n'avaient pas eu le temps de sécher durant ces deux heures de repos et l'on résistait au froid par une ardeur soutenue au travail d'organisation du terrain.

Le ciel s'était dégagé dans le courant de l'après-midi. La pluie avait cessé de tomber, mais le froid se faisait de plus en plus vif. Une escadrille de chasseurs-bombardiers russes passa en rase-mottes, sans rien voir, au-dessus des positions de la compagnie et alla déverser sa cargaison de mort à très peu de distance sur les arrières des lignes allemandes.

Le courrier arriva enfin. Joul reçu les sempiternelles recommandations de sa mère et apprit qu'un deuxième jeune homme du village , P. V., venait de trouver la mort sur le front russe. Joul en fut très affecté. Sa mère lui révélait aussi que son père, depuis quelque temps, les soirs, buvait un peu plus que d'habitude et qu'elle l'avait surpris à plusieurs reprises en train de pleurer seul, dans son coin, sans que jamais il voulut en avouer les raisons. Le père de Joul n'écrivait jamais, se contentant de signer au bas des lettres, simplement « Papa ». Aussi Joul fut-il stupéfait de trouver au bas d'une de ces lettres, une phrase de son père qu'il perçut comme un appel déchirant du bon et brave vieil homme, et qui était formulée ainsi : « Reviens-nous vite, par n'importe quel moyen, mais reviens ! Papa. » Joul rangea toutes ces lettres dans une trousse de son barda à l'exception de cette dernière qu'il enfouit dans une poche de sa vareuse dans l'intention de la relire et d'analyser cette phrase dès qu'il aurait un moment de repos.

Des unités diverses vinrent renforcer la compagnie : une section de mortiers lourds s'installa en contrebas des lignes. Un groupe anti-chars avec quatre canons s'intercala entre les sections. Une escouade du génie déchargea des mines qui furent provisoirement entreposées dans un abri. Puis un ordre inquiétant et peu rassurant fut diffusé : « Interdiction formelle de reculer d'un pouce, la position devra être tenue jusqu'au dernier homme vivant. » Ainsi, la terrifiante mission d'arrière-garde était dévolue au régiment, ceci afin de permettre aux troupes retraitant depuis Tcherkassy et les rives du Dniepr de se regrouper et de se reformer sur des positions prévues à l'avance. En fin d'après-midi, et en deux vagues successives, les bombardiers russes réapparurent et répandirent leur cargaison de bombes et de roquettes sur les carrefours routiers par lesquels transitaient des colonnes de véhicules, de chariots de toutes sortes, mais aussi des cohortes de civils ukrainiens qui fuyaient pour tenter d'échapper au déferlement des armées rouges. Les civils russes qui abandonnaient ainsi leur village, craignaient tous les représailles auxquelles ils auraient immanquablement été exposés en restant chez eux. Car il faut savoir que l'Ukraine de l'époque, qui était principalement peuplée de femmes, de veillards et d'enfants, était également composée de trois clans : ceux dont un ou plusieurs membres de la famille se battait encore avec les Soviétiques, puis ceux dont un père ou un fils avait rejoint les partisans, et enfin tous ceux, qui de près ou de loin, avaient collaboré avec les Allemands et ces derniers n'étaient point les moins nombreux. Des milliers de jeunes Ukrainiens étaient partis s'engager dans l'armée du général félon Wlassow, allié des nazis. D'autres avaient servi volontairement dans les unités de travail allemandes, dans l'organisation Todt ou dans d'autres organismes, civils ou militaires, nazis. Les membres des familles de ces catégories d'Ukrainiens savaient qu'ils n'avaient pas la moindre chance d'échapper au châtiment impitoyable qui planait sur leurs têtes. Leur fuite sera, hélas, pour la plupart d'entre eux, de courte durée. Harassés, sans moyens, sans nourriture, chassés sur les bas-côtés des routes et des chemins par les véhicules de l'armée allemande, ils attendaient dans l'impuissance et l'angoisse au détour d'un sentier, aux abords d'un village qui ne voulait pas d'eux, l'arrivée de leurs justiciers dont ils connaissaient l'inclémence et la démoniaque cruauté. Seules sauront bénéficier d'un sursis dans leur exode les filles de joie des bordels de campagne de l'armée teutonne, quelques aventurières ou demi-mondaines, maîtresses des pontes nazis de l'arrière, mais celles-là aussi finiront un peu plus tard abandonnées, disséminées le long de la grande route qui mène vers le Reich allemand, victimes de leur attachement trop zélé aux envahisseurs exécrés.

Un camouflage très sérieux avait été ordonné aux hommes de la compagnie. Aucune fumée ne devait être aperçue et la circulation hors des tranchées et des abris exigeait la plus grande prudence.

En fin d'après-midi, quelques enfants du village situé au fond de la vallée, à l'arrière du front, vinrent rôder autour des abris de repos, où les soldats s'épouillaient, car les poux aussi avaient fait leur réapparition avec leur cortège de démangeaisons et de nuisances diverses. Par l'intermédiaire du Poméranien, les jeunes Russes firent comprendre aux soldats qu'ils venaient récupérer des pièces d'habillements pour les faire laver et repasser par leurs mères, manège auquel ils s'étaient déjà livrés auparavant auprès des artilleurs qui avaient occupé l'emplacement.

Joul avait confié son linge à une petite fille qui paraissait avoir dix ans et qu'il avait entendue se faire interpeller par d'autres enfants du doux prénom de Galina. La petite fille l'avait regardé avec un si gentil sourire que, pris de pitié, et la mémoire de ce prénom chéri aidant, il avait gratifié la fillette d'une grosse partie de ses réserves alimentaires, provenant d'un colis qu'il avait reçu la veille. Il lui offrit une large tranche d'un gâteau que sa mère avait confectionné, un morceau de saucisson, une boîte de confiture et un quignon de pain. Il prit encore dans son paquetage une paire de chaussettes militaires neuves, car il faut dire que la pauvre gosse grelottait, les jambes nues bleuies par le froid, chaussée simplement de semelles taillées dans du pneu et retenues par des ficelles autour des chevilles. Dans un geste spontané, la petite embrassa la main de Joul et s'enfuit précipitamment avec les victuailles et les nippes que ce dernier lui avait confiées.

La nuit qui suivit fut claire. Un vent glacial soufflait sur la plaine qui était couverte de givre et d'une légère couche de glace. Joul et Claus étaient de garde ensemble. Dans des chuchotements étouffés, ils se remémoraient tous les événements passés et ne pressentaient rien de bon pour les jours à venir. Ils évoquaient leur jeunesse et les mensonges du journal *« Front de l'Est »* qui ne parlait que de victoires et de centaines d'avions américains abattus au-dessus de l'Allemagne. Claus était devenu un anti-nazi aussi virulent que Joul et tous deux s'étaient à nouveau juré de se secourir mutuellement en cas de blessure. L'adjudant Ruhmer, qui effectuait une ronde, s'arrêta près d'eux et ne leur laissa pas beaucoup d'illusions sur l'avenir, vu que le front allemand craquait du nord au sud. Il leur fit savoir qu'un contingent de renfort, comprenant presque tous les anciens survivants de Léningrad et parmi eux le sergent-infirmier Karl, allait être affecté à l'unité. Après la relève et alors que le jour se levait, Claus et Joul s'affalèrent dans l'abri sur les branchages et la paille qui leur servaient de couche et s'endormirent pour quelques heures de sommeil, emmitouflés dans un amas de couvertures et de toiles de tentes. Le feu était éteint dans le poêle et la fraîcheur avait envahi le local humide dans lequel régnait une odeur de moisissure, de pieds sales, de relents de soupe réchauffée et de sueur, qui malgré le froid, avait imbibé les corps des hommes gisant là, épars autour du foyer mort.

Dans la matinée, les hommes au repos furent tirés de leur torpeur par un vacarme étourdissant qui passa sur leurs têtes. Une vingtaine de *Yaks* rasaient la colline sans s'apercevoir qu'elle était occupée et allèrent déverser une nouveau chargement de bombes sur les arrières. Il ne semblait pas que la position de défense de la 2e compagnie ait été éventée, mais les consignes de camouflage devinrent encore plus draconiennes. Dans la soirée, la petite Galina rapporta le linge que Joul lui avait confié et que la mère de la petite avait lavé et repassé. La fillette lui donna aussi un œuf que sa mère lui avait remis pour le remercier de s'être montré si généreux. Joul fouilla dans sa poche, remit quelques roubles à l'enfant puis la gratifia encore d'un morceau de pain et d'une boîte de pâté. La petite balbutia quelques mots en russe qu'il ne comprit point, mais le bon sourire de Galina lui fit chaud au cœur. Il caressa les cheveux de la môme en les regardant longuement. « Pauvre petit être, fragile et malheureux » pensa-t-il. Elle reprit la main de Joul et l'embrassa à nouveau. Ce dernier la retira promptement. Quand elle repartit vers son village et alors qu'elle venait de parcourir quelques mètres, Joul lança vers la gamine un cri ressemblant à un appel au secours : « Galina ! » L'enfant se retourna, fit un petit signe de la main avant de disparaître dans les vergers environnants. Une larme perla aux yeux du jeune soldat. Cet appel à « Galina » n'était pas destiné à l'enfant qui venait de le quitter, mais à cette adorable et merveilleuse créature qui s'était sacrifiée pour lui et qui reposait à jamais dans un cimetière, là-bas près d'Uman. Joul ne pouvait oublier ce tragique événement qui avait bouleversé sa vie : l'oubliera-t-il jamais ?

L'arrivée du sergent-infirmier Karl et de trois autres anciens de Léningrad le tira de sa léthargie. Les quatre hommes faisaient la tournée de la compagnie pour saluer les vieux copains rescapés du Doigt. Leur enthousiasme était feint toutefois et, après les embrassades et quelques boutades d'usage, ils déballèrent ouvertement devant une dizaine de jeunes nazillons abasourdis, une montagne de griefs envers l'organisation hospitalière allemande, la durée des permissions de convalescence (15 jours), les tickets d'alimentation, l'arrogance de la police, l'insolence honteusement affichée et les marques de mépris envers les soldats de la Wehrmacht, les pontes S.A. et S.S. qui s'accrochaient par la délation à leurs bases en Allemagne, ceci pour éviter le front. Puis ils racontèrent les bombardements massifs et les destructions terribles que subissaient journellement les villes du Reich.

Un incident surgit à l'instant où un jeune hitlérien s'en prit à un ancien en le traitant de défaitiste. Un violent coup de poing écrasa le nez du jeunot qui s'effondra comme une masse sur le sol de l'abri. Un mot en amena un autre et Phons, qui était présent, s'en mêla à son tour à la suite d'une réflexion désagréable d'une jeune recrue et, à l'adresse du nez cassé : « Toi ! tu ne vaux même pas la peine que l'on crispe le doigt sur la détente du fusil. » L'empoignade devint générale lorsque l'un des jeunes traita Phons de « sale tête de Français », ce qui eut pour effet de mettre le feu aux poudres. Comme un seul bloc, les anciens se ruèrent sur les blondinets et leur administrèrent une trempe dont ils se souviendraient longtemps. Joul ne s'était point non plus fait faute de cogner dans le tas pour venger l'injure faite à son ami. L'intervention de Ruhmer, alerté, mit fin au pugilat. Après un sévère sermon qui s'adressait spécialement aux jeunes soldats, le nez cassé fut évacué vers l'infirmerie et revint le soir avec un énorme pansement sur la figure, sans avoir été exempté de service grâce à l'intervention du sergent-infirmier qui avait aussi participé à la bagarre. L'adjudant Ruhmer réussit à faire intégrer à sa section les trois anciens nouvellement affectés. Karl l'infirmier était assigné au P.C. de la compagnie et avait reçu la charge de réorganiser le service sanitaire de l'unité qui était, jusqu'à son arrivée, dévolu à un caporal sans compétence médicale aucune.

Deux jours se passèrent encore sans que rien de spécial ne se produisit, à l'exception du vol journalier et du bombardement des arrières effectués par les avions d'assaut russes. Joul était de garde à son poste de tir, quand Karl vint lui faire causette. Ce dernier connaissait bien le Lorrain, son état d'esprit, sa haine des nazis et les raisons de sa présence en ces lieux. Joul, lui aussi, était au courant des états d'âme de l'Autrichien car, là-bas, dans le nord, ils en avaient longuement causé entre eux et une confiance réciproque les avait rapprochés. Karl retraça ces cinq mois d'éloignement de l'unité avec un besoin d'épanchement envers quelqu'un qu'il pouvait considérer comme un ami. N'était-il point, lui aussi, l'annexé, un incorporé de force ?

Il avait donc été évacué du Doigt deux jours avant Joul. Exténué par les soins permanents qu'il avait prodigués à tous les survivants de l'unité, on le retrouva au petit matin, à bout de force, dans un trou d'obus, environné d'une meute de rats qui l'avaient mordu sur tout le corps. Les plaies faites par ces immondes bestioles s'étaient rapidement infectées ; il partit pour l'hôpital de campagne. Les médecins du lazaret des armées de Novgorod où il avait été transporté, diagnostiquèrent la peste et la gangrène. Ce même jour, il fut évacué par train sanitaire sur un hôpital aux environs de Berlin. Il y resta deux mois dans un pavillon isolé, réservé aux malades contagieux. Il obtint son transfert à Vienne où il demeura deux mois encore en observation et soumis à des soins intensifs, mais où la présence de sa mère fit beaucoup pour sa guérison. Entre-temps, il avait demandé aux autorités de la Gestapo, le droit de rendre visite à son père, toujours interné, en tant que déporté politique, au camp de Buchenwald. Cette visite lui fut refusée, ce qui n'eut pas pour effet d'accroître son affection pour le régime nazi. Sa mère vivait à Vienne, chichement, en butte à de monstrueuses difficultés administratives de toutes sortes, soupçonnée en permanence d'être une ennemie du Reich. C'est dans cet état d'esprit que l'intéressé retrouva sa compagnie d'affectation initiale et quelques-uns de ses vieux camarades de combat qu'il avait soignés avec beaucoup d'abnégation et de dévouement.

Karl s'était confié à Joul avec beaucoup d'émotion dans la voix, car il savait que ce dernier comprenait l'état psychologique dans lequel il se trouvait, et il savait aussi qu'il pouvait se confier sans retenue au jeune Lorrain. Ce dernier était certain aussi que Karl ne l'abandonnerait pas en cas de blessure. Cette conversation avec Karl lui causa un immense cafard et, lorsqu'il fut relevé de son poste, il relut la lettre sur laquelle son père avait inscrit ces quelques mots « Reviens ! ... ». Eh oui ! reviens ! Mais comment faire ? Le pauvre vieux savait que c'était pratiquement impossible. Il avait passé par le même chemin que son fils, quelques vingt-cinq années plus tôt, et subi les mêmes conditions climatiques et morales que lui. Il se souvint alors de l'incrédulité et du scepticisme des jeunes de son âge, lorsque les dimanches, après la messe, ils accompagnaient leurs pères au bistrot du village pour l'apéritif dominical. Devant leur limonade, ils devaient écouter les sempiternels récits de campagnes que leurs anciens débitaient chaque dimanche. C'était à celui qui avait le plus souffert et connu le plus de misère. Le froid, la neige, la glace, la faim, les rats et les poux étaient immanquablement évoqués à chaque fois que deux anciens combattants se trouvaient réunis.

Aujourd'hui Joul ne ressentait plus le moindre doute au sujet des anecdotes racontées par ces vieux dont les souffrances endurées lui faisaient regretter son indifférence d'alors envers leurs récits. Il subissait le même sort que ces pères d'Alsace et de Lorraine, et réalisait amèrement combien leurs histoires étaient proches de la réalité.

La position restait calme. Aucune activité russe ne se manifestait. Le canon tonnait toujours, tant au sud qu'au nord et même vers l'arrière. Ruhmer avait expliqué à ses hommes que le régiment occupait le goulet d'un vaste entonnoir dont la pointe enfoncée dans le dispositif des *Ivans* empêchait ces derniers d'évoluer librement dans leur offensive. Toutefois, il fallait s'attendre d'un matin à l'autre à ce que les Russes cherchent à détruire cette épine fichée dans leur flanc. La neige fit son apparition. Un groupe de la compagnie fut envoyé au village pour récupérer auprès des habitants, des tissus et des draps blancs devant servir de toile de camouflage pour les casques. Joul faisait partie de ce détachement commandé par un caporal. Il en profita pour se rendre à l'isba de la petite Galina afin de ramener une partie du linge qu'il avait confié à l'enfant, deux jours plus tôt. La mère de la petite fille le reçut et lui offrit un grand bol de lait caillé. C'était une femme d'une quarantaine d'années, solide et bien charpentée. Joul tenta d'engager la conversation et voulut savoir où se trouvait le papa de la petite Galina. Il dut se faire bien comprendre puisque la femme lui expliqua par gestes que son mari était parti pour la guerre, deux ans plus tôt, et que depuis, elle n'avait plus de nouvelles de lui. Joul en était à ses palabres lorsqu'un gars du détachement fit irruption dans la pièce pour réquisitionner du drap blanc. Joul se dressa d'un bond et intima l'ordre au jeunot d'aller voir ailleurs, car ici c'était la maison de la lavandière de la compagnie, celle-ci, ajouta-t-il, avait droit à certains égards. L'autre ne se fit pas prier et s'en alla en maugréant. Le caporal qui commandait l'équipe parut tout étonné que Joul ne ramenât pas de tissu blanc comme l'ordre en avait été donné. Joul répondit qu'il n'en avait point trouvé et ajouta que, de toute façon, sa religion lui interdisait le vol. L'affaire en resta là, mais il lui sembla qu'il s'était fait deux ennemis de plus ce jour-là, et qu'il lui fallait se tenir sur ses gardes. De toute façon, à part

Phons, Claus, Karl l'infirmier, l'adjudant Ruhmer et les quelques anciens de l'unité, il n'entretenait pas la moindre relation avec les autres membres de la compagnie et s'ingéniait à faire ouvertement étalage de son mépris pour les jeunes recrues. Il avait une aversion viscérale pour ces jeunes nazillons qui distribuaient des « Heil Hitler », dès qu'ils apercevaient un quelconque gradé.

Et puis, un matin, l'alerte générale fut décrétée dans la discrétion la plus absolue. Les sentinelles avaient signalé la présence de petites colonnes qui s'avançaient dans la plaine recouverte d'une légère pellicule de neige, se dirigeant vers les positions de la compagnie. En quelques instants, tous les combattants furent jetés aux créneaux des tranchées. L'ordre de se mettre en tenue d'assaut fut donné. Joul reçut en remplacement de son équipement anti-chars, dont l'utilité ne se faisait pas sentir, un P.M. et plusieurs bandes de mitrailleuses. Sa mission, puisqu'aucun char n'était en vue, était d'assurer la protection rapprochée de la mitrailleuse que servait Claus.

Les petites colonnes russes avançaient lentement sur la terre gelée, traînant chacune par des cordes de lourdes et peu maniables mitrailleuses. Les Russes se trouvaient encore à plus d'un kilomètre des lignes allemandes et dans leur inconscience ils progressaient comme à l'exercice, en chantant le chant de la Volga qui montait vers le ciel. Ils ne s'attendaient nullement à une présence ennemie en ces lieux.

Les ordres arrivaient, brefs et feutrés. Il s'agissait de laisser les agresseurs arriver jusqu'à une centaine de mètres et ensuite de lancer un assaut brutal et exterminateur. Joul et Claus se trouvaient côte à côte dans la tranchée, et ne cachaient pas leur angoisse, tout en échangeant discrètement leurs impressions.

Quand la fusée violette monta vers les nuages, la compagnie se rua à l'assaut. Surpris et affolés, les *Ivans* n'opposèrent tout d'abord point de résistance. Nombreux furent ceux qui, fauchés par les rafales de toutes armes, culbutèrent dans la neige, pour ne plus se relever. Ceux qui essayèrent de mettre en batterie leurs lourds engins furent balayés à leur tour sans avoir pu se servir de leur encombrant matériel. Claus, qui avait placé sa mitrailleuse à la hanche, ferraillait comme un diable, dans tous les sens, suivi par Joul qui, mû par l'ambiance et la force des choses, lâchait aussi et au hasard ses rafales de mitraillette sur tout ce qui bougeait. La tuerie fut horrible, un vrai massacre de champ de foire. Quelques éléments rescapés russes avaient cherché refuge dans un bosquet et réussi à mettre en batterie une de leurs mitrailleuses. Une volée d'obus de mortier s'abattit sur le taillis qui, en quelques instants fut transformé en une aire de feu et de fumée. Mais la résistance de ce groupe paraissait vouloir s'organiser et il fallut faire venir une équipe du génie avec trois lance-flammes qui, finalement, vinrent à bout de leur résistance. Plusieurs soldats allemands avaient, eux aussi, laissé leur vie dans l'escarmouche et les blessés, tant russes qu'allemands, faisaient entendre le même cri de détresse : « Mama. » Le sergent Karl, avec son groupe d'infirmiers, parcourait le champ de bataille et ramenait vers l'arrière les blessés de la Wehrmacht, tandis qu'une équipe de tueurs achevait les blessés russes d'une balle dans le corps.

L'action terminée et l'ordre de repli ayant été donné, les hommes rejoignirent leur base de départ.

Sur le chemin de retour, Joul croisa le regard blême et apeuré d'un jeune blessé russe qui pouvait avoir son âge. Il gisait contre une souche déracinée et comprimait de ses doigts ensanglantés son abdomen en charpie. Son casque avait roulé au sol et son arme était suspendue à une branche. Aucune plainte ne sortait de sa bouche, mais son regard exprimait une incommensurable supplication et une détresse angoissante. Joul aurait bien voulu lui faire comprendre qu'il ne pouvait rien pour lui, absolument rien, qu'il valait mieux qu'il ferme les yeux et fasse le mort, ce qui lui aurait peut-être permis de survivre. Joul arracha son regard empli de pitié de celui du blessé et continua son chemin. Quelques coups de feu claquaient encore par-ci par-là. Il pensa un instant que l'un de ces coups de feu avait peut-être mis fin au supplice du jeune homme, puis il oublia très vite ce tragique incident. Il avait hâte de rejoindre les abris du retranchement car l'artillerie légère russe tirait de loin et à l'aveuglette sur la ligne de tranchée qui maintenant se trouvait repérée. Il suivait machinalement, en se tenant baissé, une trace sanglante laissée par un corps que l'on avait traîné dans la neige vers le haut de la colline.

Arrivé dans la tranchée, il remarqua Karl et un médecin qui s'affairaient autour d'un groupe de blessés qui avaient déjà été ramenés là. Une satisfaction morbide l'envahit soudain. Ce sentiment qui aurait paru immoral et indécent en d'autres circonstances le combla d'aise et de satisfaction. Il venait de reconnaître, parmi les hommes allongés, le second assassin de Galina, celui auquel il vouait une haine farouche et qu'il s'était promis d'abattre lui-même à la première occasion. Il gisait là, sur le dos, un peu à l'écart du groupe de blessés, les yeux grands ouverts, les jambes déchiquetées. Il était mort.

Joul rejoignit l'abri de section, s'écroula dans la paille en proie à un profond désarroi, éreinté par les péripéties de l'après-midi, mais surtout surexcité par la présence, parmi les morts, du cadavre du second meurtrier de Galina. Il enfouit sa tête dans la paille et pleura. Mais il se sentait soulagé et rasséréné. Galina était vengée. Maintenant, elle pouvait reposer en paix. Ses deux assassins avaient expié leur crime. Joul se sentit apaisé et sa peine s'atténua légèrement. Claus, qui venait d'arriver, le voyant en cet état, le consola par ces mots :

— Tu penses encore à elle, pas vrai ? Mais, sois tranquille maintenant, ceux qui l'ont tuée ont payé leur saloperie.

Lui aussi avait reconnu le corps du second criminel.

Le repos fut interrompu par l'irruption dans l'abri de l'adjudant Ruhmer, annonçant la visite du colonel commandant le régiment, qui venait féliciter la 2e compagnie et la 1re section du bon déroulement de l'opération de l'après-midi. Une rectification ultra-rapide des tenues, dont certaines étaient encore maculées de sang, et déjà le chef de corps se présentait à l'entrée de l'abri, suivi de son état-major et d'un officier en tenue noire de S.S. Un laïus très court et une présentation de la situation, assez alarmante, précédèrent la conclusion du colonel : « Les positions actuelles seront tenues envers et contre tout, sans esprit de recul. Au revoir, messieurs, et bonne chance. »

A ce moment, un sous-officier s'avança et remit à un membre de l'état-major un chapelet de plaques d'identité relevées sur les corps des tués au cours de l'engagement. Joul eut un petit pincement au cœur en voyant ces plaques, car lui ne possédait plus la sienne. Il l'avait confiée à Galina, quelques semaines plus tôt et cette dernière l'avait remise aux partisans comme garantie de la bonne foi du candidat déserteur qu'il avait été. Il aurait dû signaler à son chef de section la perte de ce morceau de tôle qui aurait permis de l'identifier au cas où la faucheuse l'aurait étendu à son tour sur la glèbe russe. Il n'en avait rien fait et chassa bien vite l'angoisse qui l'avait étreint un instant. Et puis, après tout, cette plaque, à quoi servait-elle, sinon à légaliser officiellement des décès ? Ceux qui là-bas étaient étendus dans la plaine, déjà glacés et raidis par la mort ou par le gel, n'étaient plus des anonymes mais des cadavres qui n'auraient pour tout linceul qu'une petite couche de neige. Aucun emplacement, aucune tombe, aucune croix ne marqueraient à jamais l'emplacement où ils étaient tombés. Dans les chaumières, là-bas en Allemagne, mais hélas aussi en Alsace-Lorraine, lorsqu'arriverait l'avis fatidique, les familles plongées dans le désespoir et la désolation devaient se contenter de ces mots insensés et stupéfiants : « Mort au champ d'honneur pour son Führer et la grande Allemagne. »

Joul se renseigna aussi sur le sort de son ami Phons qui avait dû participer au combat de la journée avec la section voisine. Ils se retrouvèrent le soir même, au cours de la corvée de soupe. Phons paraissait fatigué et déprimé. Il crachait du sang et se plaignait de douleurs dans la poitrine. Le médecin du régiment l'avait examiné mais n'avait pas jugé son cas assez grave pour justifier une évacuation. Il lui fit une piqûre, lui administra quelques cachets et le maintint en service. Il est vrai que dans la Wehrmacht, on n'était évacué vers l'arrière que lorsque l'on était cliniquement inapte à tenir sur ses jambes, blessé sérieusement, donc à moitié mort. Les deux amis durent se quitter un peu plus désabusés et accablés par le sort qui s'acharnait sur eux. Joul profita d'un moment de répit pour écrire à ses parents. Il termina sa lettre à l'adresse de son père par ces trois mots : « Je reviendrai, papa ! »

Les chars attaquent

Dans la nuit qui suivit l'engagement, les sentinelles signalèrent des bruits suspects dans la plaine en face. Des bruits de terrassement parvenaient jusqu'aux lignes allemandes. Une patrouille envoyée en reconnaissance ramena encore un mort et un blessé après des échanges de coups de feu. Les Russes, effectivement, s'enterraient à quelques cinq cents mètres devant les retranchements de leurs ennemis. Les tirs de harcèlement et les fusées éclairantes ne semblaient avoir aucun effet sur l'ardeur des *Popovs* à creuser le terrain. Au matin, la plaine devant les défenses germaniques ressemblait à une gigantesque taupinière. Les emplacements de combat des *Ivans* tranchaient sur la couche de neige qui avait recouvert la taïga. Un avion léger, qu'on surnommait « machine à coudre » en raison du bruit particulier qu' émettait son moteur, passa en rase-mottes au-dessus des tranchées allemandes et déversa une pluie de tracts et de laissez-passer sur les fortifications de la compagnie. Les tracts étaient libellés ainsi : « Soldats allemands, la victoire des armées russes est proche, rendez-vous en masse aux glorieux soldats de l'Armée rouge qui luttent farouchement pour la libération de leur patrie. Montrez ce tract à tout soldat de l'armée soviétique ; vous serez considérés comme prisonniers de guerre et assurés de revoir votre famille à la fin de la guerre qui est proche. » Sans grande conviction, Joul ramassa un de ces feuillets et l'enfouit dans une poche de sa vareuse.

Un incident imprévisible se produisit dans la matinée. Un soldat allemand s'élança brusquement hors de la tranchée, tiraillant en tous sens avec son pistolet-mitrailleur, vers les positions russes. Il effectua une cinquantaine de mètres et s'écroula, fauché par une rafale de mitrailleuse. Son corps s'agita quelques instants dans la neige, puis se raidit pour toujours. Une patrouille attendit la nuit pour aller récupérer le cadavre. C'est alors que l'on apprit que le malheureux avait reçu le matin même une lettre de son père lui annonçant le décès, au cours d'un bombardement aérien sur Hambourg, de sa femme et de ses deux enfants. Il avait donc jugé que sa place n'était plus sur cette terre damnée, et avait rejoint dans la mort les êtres qui lui étaient chers.

Cette même nuit, la section du génie établit un champ de mines à l'avant des positions. Les Russes continuaient à aménager leurs retranchements malgré les tirs de harcèlement. Vers minuit, des bruits de moteurs se firent entendre en face et les anciens identifièrent immédiatement la présence de chars. Un nouveau branle-bas de combat précipita tous les hommes à leur poste. Joul reçut en dotation son équipement de fusée anti-chars et, comme tout le personnel de l'unité, attendit avec anxiété la suite des événements. Un peu avant le lever du jour, des

des hululements terrifiants ébranlèrent le ciel. Un torrent de feu submergea les tranchées en pulvérisant toutes les installations sur son passage. Le tir des orgues de Staline, parfaitement ajusté, s'abattit ainsi pendant deux heures sur les abris. Des hurlements déchirants s'élevèrent de l'installation voisine, tenue par deux anciens. Joul se précipita vers l'endroit, suivi quelques instants plus tard par Karl l'infirmier. L'emplacement de tir des intéressés avait été frappé de plein fouet par un obus qui en avait laminé le toit. Les deux hommes, enchevêtrés entre les poutrelles et les superstructures de l'abri, sous lesquelles ils étaient presqu'entièrement ensevelis, étaient gravement atteints. Joul et Karl réussirent à dégager les deux occupants du fatras sous lequel ils suffoquaient, la poitrine et les bras déchirés par des éclats de toutes sortes. Leurs râles étaient couverts par les explosions continues des obus qui s'abattaient sur toute la ligne du front. Ces deux hommes avaient fait partie du renfort arrivé quelques jours plus tôt.

La canonnade dura environ deux heures. Une odeur asphyxiante de soufre et de poudre engorgeait les voies respiratoires et les poumons, faisant cracher et tousser les hommes soumis à ce cauchemar. Il y eut de nombreux morts et blessés. Mais le pire arriva lorsque cessa le « marmitage ». Une armada de chars avançait dans le rugissement de ses moteurs et le crissement de ses chenilles. Au fur et à mesure de leur avancée, les fantassins russes, éparpillés et enterrés dans la plaine, grimpaient sur les plates-formes arrière des blindés, pour se mettre à l'abri, avant de lancer l'assaut qui, maintenant, semblait imminent.

Ruhmer s'affairait au milieu de sa section, courant de l'un à l'autre pour distiller ses ordres. Il s'arrêta à hauteur de Joul qui avait mis son premier engin anti-chars en batterie. Les canons anti-tanks avaient déjà pris à partie les premiers blindés et deux d'entre eux s'embrasèrent rapidement, mais les autres continuaient leur progression vers la colline. Claus, de l'emplacement voisin, canardait avec sa mitrailleuse les fantassins russes juchés sur les chars qui, eux, répondaient par des tirs heureusement mal dirigés. Joul, figé dans son trou spécialement aménagé, avait placé sa roquette sur l'épaule et attendait fébrilement et dans l'anxiété la ruée des monstres d'acier dont deux avaient sauté sur les mines et se trouvaient déchenillés et immobilisés. Ruhmer était resté à côté de Joul et avait mis lui aussi un *Panzerfaust* en batterie. Cette présence le réconforta un peu, si ce mot peut être adapté à la circonstance. Un T34 se ruait en direction du poste tenu par Joul et Ruhmer, lorsqu'il fit brusquement un mouvement à gauche, l'équipage ayant sûrement détecté la mitrailleuse de Claus qui faisait des ravages parmi les fantassins assaillants. C'est cet instant que choisit le *Feld* pour commander « Feu ! » à son tireur anti-chars. Le blindé se trouvait à quinze mètres, présentant son flanc au tir des fusées. Joul, plus mort que vif, appuya sur la mise à feu de son engin et se précipita au fond de son terrier. Une déflagration terrible ébranla l'air et une fumée noire, âcre et épaisse, envahit la tranchée, accompagnée d'une vague de chaleur infernale. Déjà Ruhmer secouait Joul pour lui faire reprendre l'action. En relevant la tête, ce dernier vit devant lui le blindé en feu, la tourelle à moitié arrachée et son canon fiché dans le sol. La roquette avait touché le flanc du monstre d'acier et certainement explosé à l'intérieur, faisant éclater les munitions qui y étaient stockées. Les deux fûts de kérosène amarrés sur sa plage arrière avaient également pris feu, ne laissant à l'équipage aucune chance de s'en sortir. Plusieurs tanks rouges se consumaient sur la plaine. Joul avait remis un deuxième PZ en position de tir, car un second T34 se dirigeait à nouveau vers son trou. Il visa l'engin sans attendre que ce dernier fût à une portée raisonnable. Il appuya à nouveau sur la mise à feu. Il resta en position, en raison du peu de danger que représentait l'explosion du char qui se trouvait à trente mètres. Il vit distinctement le monstre se cabrer sur une seule chenille, celle de droite ayant été arrachée par l'explosion de la roquette. A ce moment, Ruhmer, qui avait suivi la scène, mit à son tour son attirail en joue et envoya sa charge creuse qui mit définitivement hors de combat le tank russe.

L'attaque des Bolcheviques avait échoué. D'innombrables cadavres gris jonchaient le champ de bataille. Une bonne douzaine de T34 continuaient à se consumer devant les tranchées allemandes. Mais il n'en était pas de même pour les unités voisines. A droite, une compagnie du régiment avait été débordée par les blindés russes qui avaient pu prendre position dans ses retranchements. A gauche, l'unité roumaine qui flanquait le régiment avait été bousculée et s'était débandée. Cette situation amena le Commandement à ordonner le repli vers la forêt, située à deux kilomètres au delà du village, ceci afin d'éviter un encerclement. A la tombée de la nuit, et toujours soumise au feu de l'artillerie et des *katiouchkas* russes, l'unité se replia, traversa le village silencieux et sombre et s'orienta vers son nouvel objectif. L'orée de la forêt fut rapidement atteinte. Une animation étrange régnait dans ces bois. On distinguait dans la pénombre, stationnant sous les arbres, de nombreux véhicules et engins blindés de toutes sortes. L'unité reçut l'ordre de se reposer pour la nuit. Avant de s'endormir, Ruhmer expliqua à ses soldats dont la section avait perdu cinq hommes et comptait une dizaine de blessés, la situation nouvelle : un régiment de la division *Grossdeutschland* était en position pour soutenir le régiment qui devait reprendre le terrain perdu la veille, et ceci dès le lendemain matin. Les hommes s'installèrent au pied des arbres, s'enroulèrent dans leurs couvertures et toiles de tente et, malgré le froid, s'endormirent tant bien que mal, en attendant la suite de l'aventure.

A l'aube, l'alerte fut donnée dans le plus grand silence. On distinguait maintenant les chars et les véhicules blindés du régiment de soutien, sur lesquels étaient alignés, comme à la parade, les soldats en tenue camouflée, rasés de frais, le casque peint en blanc. Les hommes de ce corps de troupe d'élite, armés jusqu'aux dents, en tenue seyante et bien protégés du froid par des vestes et des pantalons molletonnés, affichaient ouvertement par des quolibets, leur mépris pour ces fantassins couards qui avaient abandonné leurs positions, alors que l'ordre avait été donné de tenir jusqu'au bout. Des équipages, tout de noir vêtus, s'affairaient autour des énormes tanks *Tiger* dont l'unité était dotée. Sur le revers de leur blouson, les runes d'argent et la tête de mort scintillaient dans le matin blême. Brutalement, alors que le soleil se levait, l'artillerie allemande se mit à déverser sur les collines abandonnées la veille, un tir de harcèlement terrifiant pendant que les éléments blindés, dans un cliquetis assourdissant, et le grondement de leurs moteurs, s'ébranlaient vers leur objectif. Il en sortait de partout. Plusieurs dizaines de *Tiger* s'élancèrent vers l'est, suivis des véhicules d'accompagnement, dans un élan qui paraissait irrésistible.

La 2e compagnie, qui suivait, reçut l'ordre de réoccuper les positions qu'elle venait d'abandonner, de reprendre d'abord le village et de le nettoyer de ses éventuels occupants. Pendant que l'unité mécanisée de la *Grossdeutchland* progressait rapidement vers la colline pour opérer son coup de boutoir, les fantassins de la 2e compagnie entrèrent dans le village avec mission de visiter chaque maison afin de s'assurer que les *Ivans* ne les occupaient plus. On n'en découvrit aucun, car les occupants avaient fui à leur tour devant la masse impressionnante de chars qui fonçaient sur eux avec détermination. Il régnait dans le village une activité assez insolite. Les paysans couraient d'une maison à l'autre en poussant des gémissements plaintifs entrecoupés de sanglots et de lamentations. Ruhmer, accompagné du Poméranien, s'enquit de cette agitation. C'est alors qu'une paysanne désigna une maison que Joul connaissait déjà, celle où habitait la petite Galina et sa maman, la lavandière du régiment.

Dans la pièce commune de l'habitation, un spectacle horrible frappa de dégoût les *landsers* [1], pourtant habitués à toutes les monstruosités : la petite Galina était étendue nue sur une table, les quatre membres attachés avec du fil téléphonique, aux quatre pieds de cette table. Deux filets de sang déjà séché traçaient

1. Troupier.

des sillons sur les pauvres et maigres jambes de la fillette. Dans sa bouche se trouvait enfoncée une paire de chaussettes vertes de l'armée allemande. Dans un coin de la pièce gisait sa mère, également dénudée ; dans sa bouche était fichée, une pièce de sous-vêtement de soldat. Les deux malheureuses avaient cessé de vivre. Il ne faisait aucun doute que la mère et la fille avaient été violées avant de mourir étouffées, et qu'elles avaient dû vraisemblablement assister mutuellement à leur supplice. L'écœurement de Joul était à son paroxysme et il dut se retenir pour ne pas éclater en sanglots. Il avait assisté à bien des violences, mais ce spectacle où la monstruosité le disputait à l'ignominie, l'accablait de haine et de honte envers ces infâmes tortionnaires qui s'étaient vengés sur une femme et une enfant. Joul se détourna de la scène.

A ce moment, un vieil homme se jeta littéralement sur la petite fille, l'étreignant et l'embrassant comme un forcené. Des larmes coulaient de ses yeux et sa bouche, tordue par le désespoir, proférait des propos incohérents. C'était le grand-père de Galina. Sur ces entrefaites, une paysanne vint signaler la présence, dans la cave de sa maison, d'un soldat russe ivre, qui avait, selon ses dires, participé aux massacres de femmes dans le village, car trois autres victimes totalement nues, violées et assassinées, avaient encore été découvertes dans différentes isbas. Une patrouille extirpa l'individu de la cachette où il cuvait sa cuite. Il devait être tellement ivre qu'il n'avait même pas dû remarquer que ses camarades avaient pris la fuite lors de la contre-attaque des blindés de la *Grossdeutchland*. L'homme, un grand gaillard du type mongol, fut amené sur la place où se trouvaient, près des véhicules hérissés d'antennes, le P.C. de l'opération en cours. Le Russe était en chemise et en caleçon. Sur la braguette de son caleçon s'étalait une large tache de sang séché, et l'intéressé, totalement hébété, ne semblait pas encore être entièrement dégrisé. Une partie des habitants s'était groupée auprès de la patrouille qui avait ramené le prisonnier et manifestait de façon véhémente son animosité. Un officier SS en uniforme noir, qui faisait partie du P.C., s'avança et à l'aide d'un interprète, s'informa des raisons de ce rassemblement illicite. Sans grande discussion, il ordonna que l'on remette entre les mains de la populace le vaillant soldat de l'Armée rouge. Le groupe de femmes en furie se jeta sur le prisonnier qui fut roué de coups de pieds et de poings. Elles furent arrêtées dans leur lynchage par l'arrivée du grand-père de Galina, qui armé, d'un *kandjar* [2], écarta le troupeau de femelles furieuses et se pencha sur le captif. Ce qui se passa alors, Joul et ses compagnons ne le virent pas, mais un hurlement terrible et interminable s'éleva du cercle des femmes vociférantes. Le grand-père venait de venger sa fille et sa petite fille des outrages qu'elles avaient subis, de la façon la plus atroce que l'on puisse imaginer. Il venait d'émasculer le Mongol pour le punir de ses crimes. Un chien, qui passait par là, alla dévorer, à l'abri d'un buisson, le sexe de ce suppôt de Satan. Le Russe hurla encore un bon moment. Sans doute excédé par ses cris qui gênaient les écoutes radio, l'officier SS mit fin au châtiment de l'ignoble individu, si peu digne du nom d'homme, et lui logea deux balles de révolver dans la tête.

---

2. Poignard oriental.

La 2e compagnie quitta le village pour reprendre possession de ses tranchées. Loin devant, la canonnade s'amplifiait, ponctuée par le chuintement caractéristique des coups de départ des canons des chars qui avaient déjà pénétré très profondément dans le dispositif russe. Vers le soir, les unités de la *Grossdeutchland*, qui avaient défoncé et désorganisé les positions russes sur plusieurs kilomètres, régagnèrent leur cantonnement, emmenant avec eux et sans ménagement une quantité impressionnante de prisonniers. Pour couronner leur succès de la journée, ils pillèrent et mirent à sac le village, pourtant déjà terriblement éprouvé par l'occupation temporaire des Soviétiques. Ils incendièrent méthodiquement chaque maison, chaque grange et chaque étable. Ils emmenèrent avec eux les quelques têtes de bétail que possédaient encore les paysans, laissant ces derniers démunis et privés de tout. La barbarie nazie répliquait à la barbarie bolchevique.

Un char *Tiger,* pourtant réputé invulnérable, continuait à se consumer devant les tranchées réoccupées par la 2e compagnie. On sut plus tard qu'il avait sauté sur une des mines anti-tanks placées là, quelques jours plus tôt, par le génie allemand et destinées à enrayer l'assaut des blindés russes. De nombreuses carcasses d'engins divers de l'Armée rouge jonchaient la plaine, ainsi qu'un nombre important de cadavres gris qui gisaient sur le sol de la steppe gelée. La canonnade s'était tue, les Russes s'étaient retirés, contraints et forcés, du secteur. La routine s'installa dans le retranchement allemand : tours de garde, réfection des installations de défense, corvées diverses, etc. Le courrier arrivait aussi et Joul reçut une lettre de ses parents qui lui annonçait que la famille d'un jeune homme du village venait de recevoir un avis mortuaire concernant leur fils tombé sur le front de l'Est. C'était le troisième copain de Joul qui mourait ainsi, loin des siens, et ce dernier pensa longuement et tristement à ses pauvres camarades d'école. Claus et Joul étaient de garde cette nuit-là. Ils évoquèrent avec dégoût les péripéties de la journée, surtout la barbarie des soldats russes qui avaient étripé des femmes et une pauvre gosse dont le seul crime avait consisté, pour subsister, à laver du linge pour les soldats allemands. Ce forfait de collaboration avait été réprimé de façon abjecte et inhumaine par des ressortissants de la même patrie, par des individus de la même race qu'eux. Le père de la petite Galina, dont la femme n'avait plus de nouvelles depuis l'invasion allemande, se battait peut-être encore quelque part avec les soldats de son pays. Comment lui apprendrait-on plus tard, s'il avait la chance de revenir, le sort que ses concitoyens avaient réservé à sa femme et à sa fille ? Quant aux femmes qui lynchèrent l'infâme individu, ainsi que le grand-père qui infligea une punition atroce à un tirailleur de l'Armée rouge, quel sort leur serait réservé lorsque les armées russes reprendraient possession de leur territoire ?

Claus, une nouvelle fois, fit allusion à la présence de la jeune institutrice qui fut abattue, un matin, dans le no man's land là-bas près d'Uman. Il était persuadé que Joul était au courant de sa présence devant les défenses allemandes et pendant le couvre-feu, puisque ce dernier avait quitté la jeune fille une heure avant le drame. Décemment, Joul ne pouvait point se laisser aller à des confidences : il avait lié une solide amitié avec Claus, certes, mais il n'oubliait pas que c'était un Allemand. Il détourna la conversation, tout en ressentant un certain pincement angoissant au cœur, à l'évocation de ce souvenir malheureux.

Galina était toujours là. Pour lui, elle n'était pas morte et sa mémoire n'appartenait qu'à lui, à lui seul. Ce qu'avait fait Galina pour le sauver, lui, le Lorrain, relevait de la plus pure leçon d'héroïsme et de courage qu'un être humain puisse donner. Pour cette raison, Galina ne mourrait jamais dans le cœur de Joul qui demanda gentiment à Claus d'éviter à l'avenir d'évoquer ce tragique événement. Claus s'en tint là. Il parla de sa ville, Sarrebruck, qui avait été bombardée, et des nombreuses victimes qu'il y avait lieu de déplorer. Il pesta contre les pontes nazis qui diffusaient sans arrêt des discours de victoire et appelaient le peuple allemand à se serrer les coudes, proclamant que le triomphe était proche, que la retraite provisoire des troupes était prévue pour mieux préparer la contre-offensive qui devait définitivement rejeter les Soviétiques de l'autre côté de l'Oural. Mais Claus et Joul savaient, comme tous les anciens d'ailleurs, que plus rien, maintenant ne pourrait arrêter la marche victorieuse des Armées rouges. On pourrait certes les stopper provisoirement à tel ou tel endroit, mais le jour était proche où tout allait basculer. Déjà, l'Afrique du Nord était aux mains des Alliés qui avaient également débarqué en Sicile et progressaient en Italie. Partout, les fronts craquaient et personne ne pourrait arrêter le destin. Pendant ce temps, les soldats mouraient par milliers, gelés sur la terre russe, les blessés se vidaient de leur sang qui se glaçait à l'orifice de leurs plaies et les souffrances des survivants devenaient chaque jour plus lancinantes.

La neige commença à tomber, en formant un épais rideau blanc et impénétrable. Un manteau immaculé couvrit bientôt la plaine d'une couche blafarde et glacée. Le vent se leva, collant contre chaque obstacle des paquets de neige, transformant le champ de bataille en un immense vallonnement de monticules, ensevelissant les corps des soldats russes tombés la veille et les carcasses des véhicules et des chars abandonnés. Le froid s'abattit comme un couperet, s'insinuant partout et transforma rapidement les hommes en êtres grelottants dans leurs uniformes pétrifiés. Il neigea sans interruption pendant deux jours et deux nuits, puis le ciel s'éclaircit et les quelques rayons de soleil qui s'ensuivirent mirent un peu de baume au cœur des *Landsers* fatigués et transis qui avaient inconfortablement passé ces deux jours en dormant à peine. La chasse russe profita de cette éclaircie pour déverser sur les tranchées ses chapelets de bombes et de grenades. La terre tremblait sous les explosions. Des cratères noirs brisèrent l'uniformité blanchc du terrain et une grande partie des installations fut pulvérisée. Une lourde fumée noire empestant le soufre et le phosphore s'incrusta dans chaque abri et obligea les hommes à porter le masque à gaz. Les tympans résonnaient comme des peaux de tambour et les poitrines suffoquaient sous les émanations des vapeurs toxiques provenant de la nappe incandescente qui s'abattait du ciel, écrasant tout sur son passage. Les hommes se passaient successivement leur masque à gaz, car la plupart d'entre eux avaient balancé cet accessoire au cours des péripéties des derniers jours. Joul, qui avait conservé le sien, en faisait profiter l'ancien et Claus qui en étaient dépourvus.

L'artillerie russe aussi se mit de la partie. Revenus de leur récent échec, les éléments russes s'étaient ressaisis et une opération revanche se préparait. Lorsque le tir d'artillerie cessa, prélude à une nouvelle attaque, on aperçut au loin dans la plaine, une très large formation de chars T34 qui avançaient sur et vers les positions du régiment et des hommes, encore hébétés et abrutis par le tir des orgues de Staline. Les chars russes étaient bien plus nombreux que lors de la première attaque. Des geysers blancs s'élevaient derrière chaque tank et le grincement des chenilles, arrachant des paquets de neige et de glace, parvenait jusqu'aux oreilles des défenseurs. Une espèce de panique et d'épouvante se lisait sur les visages, devant la nouvelle épreuve qui les attendait. Et, cette fois, la *Grossdeutschland* n'était plus là pour venir à leur secours. Ils ne pouvaient compter que sur eux-mêmes pour affronter le cataclysme qui planait sur leurs têtes. Les gradés s'agitaient en tous sens pour essayer de maintenir chacun à son poste. Joul étala ses quatre roquettes sur le parapet pendant que Claus, derrière sa mitrailleuse, attendait l'ordre d'ouvrir le feu. Ruhmer, placé entre eux deux, une caisse de grenades à portée de la main, tentait d'encourager ses hommes par des ordres bienveillants et énergiques. Les blindés soviétiques avançaient d'abord avec prudence, suivis par une nuée de fantassins dont les uniformes gris se découpaient sur la clarté de la plaine. Les mortiers allemands, ainsi que la batterie de canons anti-chars, amorcèrent leur tir de barrage qui stoppa quelques instants l'attaque des assaillants. Une vague de *Yaks,* prenant d'enfilade toute la tranchée, aggrava encore le désespoir et l'affolement des soldats allemands. Les hurlements des blessés s'élevèrent une nouvelle fois et

Karl s'affairait comme il pouvait pour les secourir. Puis les colonnes rouges s'ébranlèrent à nouveau, malgré leurs pertes. Plusieurs chars étaient immobilisés, touchés par les obus des canons qui les avaient pris à partie d'assez loin. Mais cela n'arrêta point leurs partenaires qui arrivaient maintenant à proximité des tranchées. Ruhmer ordonna l'ouverture du feu des mitrailleuses qui balayèrent un grand nombre de fantassins soviétiques. Les tirs des mortiers allemands firent aussi des ravages parmi les assaillants. Mais les chars russes continuaient leur progression sans se soucier de la « valetaille » qui les accompagnait. L'équipe du génie, avec ses trois lance-flammes, attendait elle aussi, près de Ruhmer l'ordre d'ouvrir le feu. Joul tira une première roquette sur un blindé qui fonçait vers son emplacement de combat. Le char s'immobilisa sans prendre feu. Mais le rouleau compresseur avançait inexorablement, malgré ses pertes sensibles. Les *« Hurai »*, tout près, affolèrent un peu plus les hommes et, lorsque les réservoirs des lance-flammes furent vides, les Russes avançaient toujours. Joul tira ses trois roquettes n'importe où et n'importe comment.

Ce fut alors le sauve-qui-peut général. Les T34 rugissants trouèrent un peu partout les défenses, pourchassant les fuyards et les tirant comme des lapins. Ruhmer avait réussi à placer une charge concentrée de grenades dans les chenilles d'un blindé, puis il avait suivi le mouvement de repli de sa section qui s'égaillait vers l'arrière dans un désordre indescriptible, les Russes et la peur aux trousses. Joul avait réussi à récupérer son paquetage de combat et s'enfuyait en zigzagant avec peine dans une couche de neige de plus de trente centimètres, vers ce qui avait été un village au fond de la vallée. Les canons des chars russes tiraient à vue sur les fugitifs et tous ceux qui tombaient, blessés ou morts étaient irrémédiablement écrasés par les chenilles des mastodondes dont l'équipage se faisait un méchant et sordide plaisir à vriller leurs chaînes sur les corps des « *Germanski* » pour les enfoncer à jamais dans la terre russe. Claus suivait Joul péniblement, encombré par sa lourde mitrailleuse.

Devant eux, à une cinquantaine de mètres, trois hommes se soutenaient mutuellement. Celui du centre portait sur son sac le dossard de la Croix-Rouge. C'était Karl, l'infirmier, qui essayait de ramener vers l'arrière deux autres blessés. Soudain, un vrombissement sec et bref passa au ras des têtes. Un éclair fulgurant, suivi d'une violente explosion couronnée d'un nuage bleu-noir jeta au sol le groupe en question. Un obus tiré par un char venait de frapper de plein fouet la petite équipe. Des cris « à l'aide ! à l'aide ! » montaient de l'endroit de la déflagration. Arrivés sur les lieux, Claus et Joul furent frappés de stupeur : deux hommes dont les corps étaient totalement déchiquetés gisaient dans une mare de sang. Karl, grièvement blessé, implorait à l'aide du dernier souffle de ses poumons. Les deux copains prirent la décision de traîner leur malheureux camarade derrière un bosquet buissonneux à proximité. Karl hurlait de douleur pendant le transport et son corps paraissait s'allonger démesurément. Il demanda que l'on mette fin à ses souffrances et de ne pas l'abandonner vivant aux mains des Russes. Mais ni Claus ni Joul n'avaient le courage d'accéder à cette demande. D'ailleurs, ils ne pouvaient plus rien pour Karl qui se vidait de son sang et allait mourir. Devant les conditions pressantes du moment et devant l'impossibilité de transporter Karl — les Russes étaient à deux cents mètres —, Claus décapsula une grenade qu'il plaça dans la main droite de l'infirmier, puis plaça le cordon détonateur dans sa main gauche. Claus et Joul reprirent la fuite, poursuivis par la fusillade de l'infanterie adverse qui les suivait de près. Ils n'entendirent pas l'explosion de la grenade et ne surent jamais si Karl avait réussi à tirer l'allumeur avant l'arrivée des poursuivants. Mais ce qu'ils savaient, c'était qu'ils venaient de perdre et la compagnie avec eux, un homme d'une grande disponibilité et d'une générosité sans limite. C'était aussi leur ami, qui avait toujours su témoigner une sympathie bienveillante à leur égard et pour lequel ils éprouvaient une affection particulière. Seulement voilà, dans des conditions aussi terribles que celles qu'ils étaient en train de vivre et de subir, les sentiments, même les plus nobles, n'avaient plus de valeur ni de prix. Dans le sauve-qui-peut général, chacun n'avait qu'une seule idée, qu'un seul but, sauver sa peau. Etait-ce condamnable ? Méprisable ? Haïssable ? Etait-ce un signe de lâcheté ? Qui pourra en juger ?

Les atrocités continuent

Au village, Ruhmer regroupa rapidement les rescapés de sa section : une vingtaine d'hommes, harassés et affolés. Ils traversèrent au pas de course le bourg, qui ne présentait plus que des ruines et un amas de poutres calcinées et enchevêtrées. Au milieu de ces ruines, les villageois avaient installé des abris de fortune constitués de portes et de plaques de tôle arrachées à l'incendie. Devant chacune de ces cagnas, un feu brûlait, et les paysans étaient tassés autour, indifférents à la folle traversée de la rue principale par les unités en débâcle. Les fuyards s'engouffrèrent dans les profondeurs de la forêt voisine, alors que les blindés soviétiques entraient dans le hameau où ils s'arrêtèrent, sans doute pour souffler un peu et à coup sûr pour régler leur compte aux collaborateurs qui avaient livré un soldat russe aux Allemands, aux femmes qui l'avaient lynché. Joul n'osa s'imaginer ce qui allait arriver au grand-père de la petite Galina qui avait vengé d'une manière affreuse les outrages et la mort de sa fille et de sa petite-fille.

Le capitaine commandant la compagnie avait réuni les rescapés de son unité et donné les ordres à ses chefs de section. Cet ordre était : « Rejoindre Vinitsa sur le Bug dans les meilleurs délais. » Il y avait cent-vingt kilomètres à parcourir avant d'arriver au Bug et pas de véhicule pour transporter les hommes. Ils marchèrent ainsi toute la nuit, plein ouest, à travers la forêt, dans le froid, pataugeant dans la neige glacée des sous-bois et arrivèrent le matin aux abords de la grande route menant de Kiev à Uman. Joul tressaillit en lisant sur un panneau indicateur la direction « Uman : quinze kilomètres ». Il ne se trouvait donc pas bien loin du village et du cimetière où reposait pour toujours la belle et douce Lituanienne. Des larmes amères perlèrent à ses yeux et son cœur battit intensément. Claus, qui ne le quittait pas d'une semelle, remarqua son désarroi et lui en demanda les raisons. Pour toute réponse, Joul lui désigna la pancarte et son ami comprit de suite. Il lui tapa amicalement sur l'épaule et les deux amis continuèrent leur route.

Cela faisait maintenant plus de vingt-quatre heures qu'ils marchaient, et la soupe n'avait pas été distribuée. Le gros sergent de la section de ravitaillement avait dû également recevoir les ordres de repli sur Vinitsa. Ses camions et lui avaient certainement déjà rejoint leur objectif sans se soucier des personnels des unités combattantes. On entama donc les rations de survie. Joul et Claus, qui avaient réussi à conserver les leurs dans le sac de combat, partagèrent avec l'ancien qui en était dépourvu, évitant toutefois d'ingurgiter la totalité de leur repas. L'ancien, qui parlait le russe, recherchait depuis toujours à lier le plus de relations possible avec Claus et Joul qu'il avait en grande estime. Il leur répétait souvent qu'il pourrait être leur père, ce qui paraissait possible puisqu'il avait quarante-cinq ans. Il avait déjà perdu un fils quelque part en Russie, et Claus et Joul l'avaient pris en pitié. Avec ses cheveux gris et ses joues creuses, il inspirait la commisération et le respect. Il vivait son calvaire sans jamais se plaindre, mais exprimait assez ouvertement son aversion pour le régime nazi, ce qui lui avait valu l'animosité d'une grande partie des fascistes de l'unité.

Au carrefour de la route principale avec un petit chemin qu'empruntait la section de Ruhmer, un détachement de *Feldgendarmen* arrêta la petite unité pour vérification de l'armement. Ils s'en prirent violemment à Joul qui, naturellement, ne possédait plus d'arme, ayant tiré ses roquetttes au cours de l'engagement avec les blindés russes. Ils étaient déjà en train de placer Joul dans un groupe à part et, ayant remarqué sa mauvaise interprétation de la langue allemande, ils l'avaient traité de *« Untermensch »* et de « cochon français ». Joul n'en menait pas large car il se demandait bien quel sort allait lui être réservé. Ruhmer tentait bien d'expliquer à ces abrutis, les raisons pour lesquelles Joul n'avait plus d'armes. Les anciens et Claus formaient cercle autour des gendarmes et devenaient menaçants. L'affaire allait tourner au vinaigre sans l'intervention d'un officier de la Wehrmacht qui, après s'être enquis de l'incident, donna l'ordre aux prévôts de clore cette chicane. Quand on connaît le pouvoir que pouvaient exercer ces suppôts de Satan sur les soldats, leur fanatisme et leurs méthodes de répressions expéditives, on peut se douter que Joul eut la chance d'échapper ce jour-là au peloton d'exécution ou, au mieux, à un long séjour en compagnie disciplinaire. Ruhmer, afin d'éviter un nouveau problème de ce genre, remit à Joul son révolver personnel, vu qu'il était encore détenteur d'un pistolet-mitrailleur. La retraite continua donc vers l'ouest, sans sommeil et sans ravitaillement, dans la neige qui tombait toujours et qui leur arrivait à hauteur des genoux. Ils traversèrent encore un village entièrement détruit et saccagé, dans les ruines duquel erraient des femmes, des enfants et des vieillards complètement désemparés. L'ordre arriva de constituer autour de ce qui restait de ce hameau, un ilôt de résistance pour la nuit car il était absolument nécessaire de se reposer quelques heures, les hommes étant à bout de forces. La section de l'adjudant Ruhmer s'installa dans le cimetière, à l'abri des murettes. Les mitrailleuses furent mises en batteries et les sentinelles postées. Joul, Claus et l'ancien creusèrent une niche, une sorte d'igloo dans les congères glacées accumulées contre les murs, coupèrent quelques branchages de sapin pour s'isoler du sol gelé et, serrés les uns contre les autres, enveloppés dans leurs couvertures et toiles de tente, s'endormirent en attendant leur tour de garde. Dans la nuit, Joul effectua son service de surveillance en compagnie d'une jeune recrue, précisément celui qui, au cours d'une algarade avec les anciens, là-bas, près de Tcherkassy, avait eu le nez cassé. N'ayant aucun atome crochu l'un pour l'autre, ils passèrent leurs deux heures de surveillance sans s'adresser la moindre parole.

Joul en profita pour revivre en pensée cette misérable destinée qui l'avait rejeté parmi les loups, avec lesquels il avait été obligé, contre son gré, de hurler, de mordre et de tuer. Il évoqua en détail son enfance, pauvre, mais heureuse dans son petit village : ses pauvres vieux pour lesquels il s'était sacrifié, ses copains d'école dont quatre avaient déjà laissé leur peau ici, en Russie, sous l'uniforme infamant, et malgré eux, sans gloire, sans honneur et sans égards. Personne, jamais, ne déposera une fleur ou ne viendra se recueillir à l'endroit où ils sont tombés. Leurs pauvres carcasses désarticulées se seront desséchées au soleil ou se seront pétrifiées dans la glace, quelque part au détour d'un chemin creux, ou dans un trou d'obus du côté de Léningrad, ou dans les environs d'Odessa. Une révolte intérieure le rongeait. Il revit encore, comme dans un mauvais rêve, le début de son infortune. C'était un jour de mai 1940, où, réfugié avec tous les gens du village, dans les caves souterraines de la verrerie, ils se trouvaient mêlés à deux compagnies de soldats français dépenaillés, déconcertés et inertes. Ces derniers avaient entassé leurs armes au milieu de la cour de l'usine. Une trentaine de soldats de la Wehrmacht, bottés, casqués, col ouvert, manches retroussées, avaient déboulé dans la place, rassemblé à gros coups de pied au cul le troupeau amorphe et apathique, lamentable cohorte de cloportes ramollis et méprisables qui partit, traînant ses godillots et ses bandes molletières vers les stalags d'Allemagne. Pour eux, la guerre était terminée dans le déshonneur, l'abandon et le défaitisme. Pour l'Alsace et la Lorraine, le prélude aux malheurs et tourments de ses enfants commençait. Joul maudissait cette France de la Troisième République, cette France pourrie qui n'avait pas su faire face, cette France méprisable et indigne qui avait trahi et plongé dans le malheur deux de ses plus belles provinces. Ah ! combien il enviait tous ceux qui avaient eu la chance, le courage et la possibilité de rejoindre la France du Général De Gaulle, la vraie France, celle qui n'acceptait pas la défaite, cette France où le brave instituteur du village inculquait à ses élèves l'amour de la Patrie et la grandeur de la Nation. Mais pour Joul, comme pour tous ses camarades « Malgré-nous », il n'y avait pas eu d'alternative, ni de choix possible. Mille idées s'enchevêtraient dans son cerveau et finissaient toujours par cette hallucinante réminiscence du corps de la jeune fille qu'il avait aimée, traînée sanglante et défigurée sur un chemin de terre boueuse. Il retint avec peine ses larmes, sans se rendre compte qu'il était transformé en bonhomme de neige, au bord de la murette d'un cimetière par un froid de – 25 degrés. La neige glacée avait raidi son uniforme, ses mains et ses pieds lui faisaient mal ; ses oreilles bourdonnaient sous les morsures du froid, il avait faim et une tristesse accablante au fond du cœur.

Au matin, l'ancien partit au village en quête de nourriture. Il revint quelques instants plus tard, portant un seau contenant quelques carottes et pommes de terre gelées, et un bocal de concombres salés qu'il avait réussi à obtenir, disait-il, des paysans qui n'étaient plus très enclins à la mansuétude à l'encontre des soldats de la Wehrmacht. Il y avait deux jours à peine, une équipe allemande avait mis le feu au village, provoquant la mort de deux vieillards et de trois enfants qui avaient brûlé vifs dans leur isba en flammes. Deux jeunes filles avaient également été violées par la soldatesque qui portait des uniformes noirs de la S.S. Ces bandits avaient aussi enlevé tous les animaux, ôtant aux villageois tous les moyens qui leur permettaient de survivre.

Claus, Joul et l'ancien firent cuire leurs légumes dans le seau. Ce repas chaud fut le bienvenu et calma quelque peu leur faim. Ruhmer vint également remplir sa gamelle auprès des trois hommes. Puis ils mangèrent les concombres salés et crus, ce qui les obligea à sucer des poignées de neige pour étancher leur soif. La marche vers l'ouest reprit dans la neige et le blizzard qui s'était levé et qui envoyait des paquets de poudreuse glacée sur les visages décharnés et crasseux de cette légion de damnés se traînant piteusement sur le sol d'Ukraine. On devait approcher de Noël, mais personne n'évoquait cette date, comme s'ils avaient voulu oublier que ce jour était un jour de paix et de joie. Les rescapés de la 2e compagnie marchaient dans le sentier de neige en direction de Vinitza et du Bug. La moitié du trajet avait été effectuée quand il arrivèrent dans un nouveau village qui présentait la même désolation que les précédents. Les villageois étaient entassés autour des feux, devant les ruines de leurs maisons, seule attache qui les reliait encore à la vie. Près d'une maison en dur et qui n'était que partiellement calcinée, étaient étendus six corps, alignés dans la neige. L'ancien, qui s'était renseigné, expliqua que la veille, des partisans avaient ouvert le feu sur une troupe allemande, blessant deux soldats. En représailles, ces derniers avaient désigné six otages parmi les paysans et, sans autre forme de procès, les avaient pendus aux arbres, près du lavoir. Le Poméranien réussit malgré tout à obtenir trois betteraves qu'il troqua contre un canif à multiples fonctions, car les villageois n'acceptaient plus la monnaie d'occupation et ne possédaient d'ailleurs plus de nourriture pour eux-mêmes.

A la sortie du village, au bout du chemin, accroupie dans la neige, se tenait une jeune femme dont les pleurs et les lamentations attirèrent l'attention de Joul. Dans des chiffons ensanglantés, elle serrait contre elle un bébé apparemment mort. Pris de pitié, Joul se porta à sa hauteur, prit dans sa poche le dernier biscuit de guerre qui lui restait et le présenta à la jeune femme. Cette dernière sursauta à son approche, se saisit du biscuit et le jeta au loin, tout en abreuvant le soldat des pires injures et malédictions que la langue russe pouvait comporter. Décontenancé, désabusé, Joul contourna la malheureuse et alla ramasser dans la neige son biscuit refusé, toujours poursuivi par ses imprécations. Joul reprit sa route, pensif et affligé à la fois. Il mangea sa dernière biscotte, celle que la femme avait refusée, avec peu d'appétit et de conviction, malgré la faim qui recommençait à le tenailler. Il essaya bien de rogner la betterave dont « le vieux » l'avait gratifié, mais celleci était tellement insipide que Joul la rejeta au loin, tout en faisant attention à ne pas se faire remarquer de l'ancien qu'il ne tenait pas à vexer, car il était le seul qui, parlant le russe, pouvait être utile à la petite équipe qu'ils formaient avec Claus et lui-même. Ils marchèrent encore toute la nuit, tremblant et grelottant dans leur tenue gelée, sur la neige crissante et cassante comme du verre. Chaque expiration se condensait en glaçons qui s'accrochaient à leur passemontagne crasseux. Les pieds brûlaient dans les bottes éculées et la douleur montait jusqu'au cœur, avec un pincement qui se propageait jusqu'aux poumons qui semblaient prêts à éclater. Il ne fallait pas s'arrêter pour se reposer, surtout pas, car quiconque s'arrêtait était irrémédiablement terrassé par le gel, voué à la congestion et à une mort certaine. Alors, ils continuèrent à marcher, longuement et lentement, emmitouflés dans leurs couvertures et toiles de tente, les mains engoncées dans des chaussettes, fantômes noirs et gris qui, en colonne par un, sous le ciel terne et sale d'Ukraine, battant en retraite vers le salut, vers ce

Bug, derrière lequel ils devaient se retrancher pour contenir l'ultime assaut des Soviétiques. Ces derniers, vraisemblablement acculés aux mêmes difficultés, n'avaient heureusement point repris le contact et avaient arrêté leur progression, sachant très bien que l'heure de l'effondrement de la Wehrmacht était proche et que le temps jouait en leur faveur. Et puis, eux aussi devaient avoir froid et leur matériel devait également souffrir des conséquences hivernales et brutales qui s'étaient abattues sur l'univers du champ de bataille.

Beaucoup de jeunes qui n'avaient pas su ou pas pu emporter leur paquetage, avaient revêtu des vestes matelassées « empruntées » aux moujiks, ce qui les faisait ressembler, s'ils n'eussent porté le casque, à des partisans. Il faisait grand jour et la section parvint à un carrefour de routes, larges sillons noirs qui se découpaient dans la blancheur environnante. Les routes étaient encombrées d'engins de toutes sortes qui avaient raboté jusqu'au sol les chemins par lesquels se repliait une armée en débandade, traçant un énorme lacis noir d'est en ouest, à travers l'Ukraine et vers le Bug.

Arrivée au carrefour, la petite troupe, harassée de fatigue et à moitié morte de faim et de froid, fut accueillie par une nouvelle équipe de *Feldgendarmen* et d'officiers, correctement et chaudement vêtus, qui ne semblaient point craindre le moins du monde l'hostilité de la froidure pétrifiante du voisinage. La réception ne fut pas des plus chaleureuses. Le *Feld* Ruhmer se fit « remonter les bretelles » et se fit traiter de tous les noms d'oiseaux pour avoir toléré que la troupe qu'il commandait ose se présenter dans de tels accoutrements devant des officiers dont deux portaient l'uniforme noir de la S.S. et se montraient particulièrement virulents. Ils durent se dépouiller de tout ce qui ne représentait point l'uniforme réglementaire. Claquant des dents sous la brûlure du froid, ils furent emmenés vers un camion renversé dans le fossé et on leur distribua à chacun deux vestes de treillis extraites du véhicule abandonné. Puis les officiers désignèrent à la section une ligne de défense autour du carrefour qu'elle devait occuper et tenir coûte que coûte dans le but, émanant de cerveaux détraqués, d'arrêter la poursuite des Armées rouges. Une fois qu'ils eurent installé les malheureux soldats de chaque côté du croisement, ces hallucinés se hâtèrent de monter dans leurs véhicules pour rejoindre leurs arrières, non sans avoir auparavant incendié le véhicule qui contenait encore de l'habillement et qui aurait bien servi aux vingt-cinq hommes frigorifiés qui étaient censés devoir arrêter l'avance des blindés soviétiques. A peine les officiers eurent-ils disparu au détour de la route, que Ruhmer rassembla ses hommes et, enfreignant les ordres, leur ordonna de continuer la retraite sur Vinitsa, conformément aux instructions initiales reçues de ses supérieurs hiérarchiques.

Ils se remirent donc en route vers l'ouest, mais les hommes ne possédaient plus les casaques molletonnées à col montant qu'ils avaient dû abandonner. Le col des vestes de treillis qu'ils avaient été obligés d'enfiler ne suffisait pas à protéger les « esgourdes » qui souffraient énormément du froid et dont certaines avaient déjà pris des couleurs noirâtres, signe d'une prévisible putréfaction. L'ancien avait découvert, dans un véhicule incendié au bord du chemin, quelques boîtes de graisse d'armes qu'il avait distribuées à toute la troupe afin que les hommes s'en enduisent les oreilles et le bout du nez, ce qui retardait les gelures, prétendait-il !

La section d'arrière-garde suivait maintenant la route de repli, route creusée entre deux falaises neigeuses. A un moment donné, arrivée à un nouveau carrefour par lequel refluaient en désordre des éléments disparates de toutes armes, la section Ruhmer fut doublée par un camion, cahotant dans les ornières gelées. Il transportait un chargement de tables et de chaises. Le *Feld* fit arrêter le véhicule, ordonna au chauffeur de descendre, puis il fit jeter par-dessus bord le matériel qu'il contenait et y fit monter ses hommes. Dans la cabine du conducteur, ces derniers découvrirent une vraie réserve de boîtes de conserves et de boules de pain. Ruhmer fit distribuer cette manne inespérée à ses hommes affamés, qui ne mirent pas longtemps à ingurgiter ce ravitaillement providentiel. Les soldats s'étaient blottis les uns contre les autres dans le véhicule ; s'ils n'étaient pas protégés du froid, ce transport avait au moins pour mérite d'atténuer leur extrême fatigue. Ils roulèrent ainsi une trentaine de kilomètres, jusqu'à épuisement total du réservoir de carburant. Ils reprirent ensuite la route à pied, derrière un long convoi de chariots traînés par des chevaux et transportant des blessés. Pour la nuit, les hommes du détachement s'attachèrent par leur ceinturon à l'arrière des guimbardes et s'endormirent en marchant, grelottants, insensibles aux lamentations et gémissements des blessés cahotés. Comme des somnambules, ils suivaient ainsi la route glacée et ne se réveillaient en sursaut que lorsque l'une ou l'autre des charrettes s'arrêtait, ce qui avait pour effet de projeter leurs corps pétrifiés contre les ridelles des carrioles. Puis ils repartaient à la cadence des roues, malgré le froid glacial et s'endormaient à nouveau, trébuchant et titubant sur la piste défoncée. Joul, attaché au même chariot que Phons qu'il avait retrouvé, rêva qu'un bras le conduisait et l'encourageait. C'était le fantôme de Galina qui marchait à ses côtés, dans la nuit blafarde.

Le matin se leva. Ils se détachèrent de leurs sangles. Ils cheminaient maintenant sur les bas-côtés de la route en encadrant le transport de blessés. La neige avait cessé de tomber et le ciel était limpide. C'est à cet instant qu'une escadrille de *Yaks* arriva en rase-mottes et balaya le convoi de ses mitrailleuses et roquettes. Joul n'eut pas la présence d'esprit de se jeter sous une carcasse de véhicule jonchant la route et il reçut un choc dans la nuque. Blessé, il tomba à genoux au milieu du chemin, les bras tendus. Il s'entendit appeler « Maman » puis « Galina » et encore « Galina ». Conscient toutefois, il vit le bon visage de Claus, qui émergeait de dessous un char abandonné, se diriger vers lui. Claus le traîna à l'abri du tas de ferraille et s'affaira sur sa blessure qui, si elle ne semblait pas trop grave, l'avait toutefois profondément choqué. Avec la pointe d'une baïonnette qu'il avait préalablement chauffée avec son briquet, Claus extirpa l'éclat de grenade gros comme une bille qui dépassait de la blessure et y appliqua un pansement. Les *Yaks* avaient fait demi-tour et s'acharnèrent une nouvelle fois sur le train de véhicules dont la plupart avaient versé dans les fossés. Les chevaux, apeurés, emmêlés dans leurs harnachements, empêtrés dans leurs sangles, poussaient des hennissements inquiétants. Les blessés, hurlaient de douleur et d'impuissance au milieu d'un fatras de bois et de ferraille tordue et emmêlée. Ruhmer vint aussi s'enquérir de la blessure de Joul et fit le recensement de sa section dont trois hommes avaient été tués et plusieurs blessés par le mitraillage. On enterra les morts dans la falaise de neige, vu qu'il était impossible de creuser la terre qui avait la consistance du béton. Trois chariots ainsi que trois attelages rescapés et indemnes furent reconstitués et les blessés survivants y furent chargés. Et la troupe reprit la route vers Vinitsa dont on apercevait les lueurs d'incendie et les panaches de fumée noire, à l'horizon. Le Poméranien avait entre-temps abattu un cheval blessé et fait cuire dans un vieux seau une espèce de bouillon de haridelle qui, s'il n'avait rien de ragoûtant, constituait quand même un repas chaud permettant de survivre et d'apaiser la fringale qui devorait les entrailles vides.

Le soir, enfin, ils arrivèrent dans les faubourgs embrasés de la ville. La chaleur des brasiers réchauffa leurs corps transis et dégela leurs capotes, bonnets et équipements figés. Une équipe de *Feldgendarmen* les orienta vers leur régiment dont le gros était arrivé la veille et avait déjà rejoint les positions prévues de l'autre côté du Bug. Ils retrouvèrent le sous-officier administratif Spitz qui fut obligé de leur servir un repas copieux et abondant sur ordre du capitaine commandant la compagnie. Ce repas fut englouti avec rapacité par la section et apaisa bien des angoisses et des affres supportées ces derniers jours. Ils furent cantonnés pour la nuit dans un vieux hangar métallique qui avait résisté à l'incendie, mais dont le toit, par une brêche béante laissait apercevoir un morceau de ciel étoilé. Ils se vautrèrent, à même le sol, autour d'un feu de bois que les sentinelles étaient chargées d'entretenir toute la nuit. Ils s'endormirent ainsi, abrutis et à bout de force. Cette nuit-là, encore, Joul revit, dans un rêve étrange qui le laissa perplexe, Galina qui lui apparut vêtue d'une tunique blanche et qui prononça ces mots : « Fuis, Youl, fuis jusqu'aux Carpathes ; là tu seras sauvé. » Joul, dans son songe, lui tendit les bras pour l'attirer à lui mais il ne rencontra que le vide. Il se réveilla en sursaut, une sueur froide au front : les Carpathes ! Elle lui en avait parlé là-bas, au village de Yantskaya. Elle voulait emmener Joul dans le Carpathes. Pauvre Galina, les Carpathes étaient bien loin de son village et Joul avait encore beaucoup de kilomètres à parcourir pour y parvenir ! Cette apparition le troubla toutefois très fort. Lui qui était devenu un homme sans foi ni loi, ne croyant plus ni en Dieu, ni au diable, ni à rien, comment pouvait-il accorder un semblant de crédit à ces paroles mystiques provenant de l'au-delà ? Il avait pourtant revu dans un mirage le sublime et beau visage de la merveilleuse jeune fille qu'il avait aimée. Un trouble extraordinaire s'empara de lui et il se demanda si vraiment il ne devait pas accorder de l'importance à ce songe mystérieux qui n'avait peut-être rien d'irréel. Joul se cramponna à cette perspective et décida de suivre les suggestions que lui avait dictées Galina dans son apparition nocturne. Il marcherait jusqu'aux Carpathes, fuirait tant qu'il le faudrait jusqu'aux Carpathes, situées à trois cents kilomètres à l'ouest. Là, il trouverait le salut, il en était persuadé. Qu'importaient les souffrances et les tourments qu'il devrait endurer jusque là ! Il pensa encore longuement à Galina, ne retrouvant plus le sommeil, d'autant plus qu'il était maintenant couché dans une espèce de mare boueuse que le sol, dégelé par la chaleur du feu, avait creusé sous son corps. Il se redressa et tendit son dos trempé et crotté à la chaleur du bûcher.

Le branle-bas de départ fut donné de bon matin. Après une heure de marche, la compagnie atteignit son point de chute : des tranchées et des emplacements de combat creusés tout le long de la rive ouest du Bug. De nombreux civils, vieillards, femmes et enfants piochaient sous la bise et aménageaient des fortifications et des boyaux divers, avec l'aide du génie qui employait des explosifs pour ouvrir des brèches dans la terre transformée en béton. L'endroit dévolu à la compagnie était adossé à un bois de bouleaux. Les tenues qui avaient dégelé la nuit précédente s'étaient à nouveau pétrifiées et raidies sous l'effet du vent glacial qui pénétrait les chairs de ses morsures aiguës. Les hommes se fouettaient violemment les uns les autres pour se réchauffer. La neige aussi avait refait son apparition et le blizzard rugissant qui s'était levé cinglait les visages, pénétrant les chairs jusqu'à la moelle des os. Des craquements angoissants résonnaient dans la forêt. L'écorce des bouleaux éclatait sous l'effet du gel, ce que prouvait les longues zébrures noires qui marquaient les fûts des arbres, vestiges des hivers précédents. Des paquets de neige, sous l'effet du vent, s'écrasaient sur le sol en un bruit sourd et mat. Joul, de garde, en compagnie de l'ancien, écoutait ces bruits, terrifié par l'ampleur des phénomènes. D'autres clameurs, provenant des profondeurs du bois et ressemblant à des hurlements, couvraient par intermittence le gémissement de la tempête. Son camarade de faction apprit à Joul qu'il s'agissait de la présence de loups affamés qui rôdaient dans les parages, mais il ne fallait pas craindre leur agressivité, car une flamme de briquet suffisait à les faire fuir. Le Poméranien connaissait toutes les astuces. Il avait confectionné un mélange de graisse et d'huile qui garantissait contre les engelures dont les mains de la plupart des hommes étaient crevassées. C'est lui aussi qui conseilla à Joul de placer sur ses oreilles, sous son cache-tête, des feuilles de journaux pliées plusieurs fois. Cela n'empêchait pas d'entendre, bien que l'écoute fût légèrement atténuée, mais cela évitait le gel des oreilles, fléau redouté de tous. Le flot de véhicules qui avait traversé le Bug, s'était tari. Des explosions très puissantes se faisaient entendre dans le brûlot de Vinitza. C'était le génie allemand qui faisait sauter les dépôts de munitions abandonnés et les ponts qui reliaient les deux rives du fleuve. Puis le silence tomba sur la ville qui maintenant était à portée et livrée à la merci des Soviétiques. L'artillerie allemande s'acharnait sans relâche à briser la glace du Bug pour en empêcher le passage aux assaillants qui ne tarderaient point à se manifester. Les éclatements des obus éclairaient le fleuve comme en plein jour et créaient un véritable ruban de feu sur toute sa longueur. « Le vieux » ne cessait de parler, de raconter pour la énième fois sa vie à Joul. Des sanglots embrouillèrent sa voix lorsqu'il évoqua la mort de son fils, ce fils qui avait l'âge de Joul et en qui il avait mis toutes ses espérances. Il ne comprenait pas non plus pourquoi, à son âge, on l'avait versé dans une unité combattante, ni pourquoi on ne l'en avait pas retiré à la mort de son fils. Joul écoutait sans rien dire le pauvre vieux, méditant sur son propre sort. Lui non plus ne comprenait pas pourquoi, ni comment il se trouvait là, en pleine nuit, par un froid sibérien, au bord d'une rivière en feu, pour une cause qui n'était pas la sienne.

Les deux hommes, leur tour de garde terminé, rejoignirent leur blockhaus de repos, secouant, avant d'y pénétrer, les glaçons qui tapissaient leurs équipements. L'abri était peu profond et obligeait les gens à s'y faufiler à quatre pattes, car ceux qui l'avaient creusé avaient dû peiner rudement pour fouiller la terre qui avait la consistance de l'acier. Mais à l'intérieur, ils purent dégeler leurs tenues près d'un feu qui brûlait dans un fût aménagé à cet effet. Ils s'endormirent malgré le tir d'artillerie assourdissant qui continuait de briser la glace du fleuve. Le lendemain de leur installation, il ne se passa rien. Vinitza était une cité en ruines. Aucune présence des forces russes n'était perceptible. Mais cette attente angoissante n'était pas faite pour réjouir les plus aguerris. Ceux-ci savaient que le même scénario qui s'était joué sur les rives du Dniepr, allait se reproduire dans les jours, les heures même qui allaient suivre.

Les premiers tirs de mitrailleuses se firent entendre le lendemain. La compagnie fut mise en état d'alerte. Les premiers éléments des avant-gardes russes avaient fait leur apparition aux abords du Bug. Un avion léger, type « machine à coudre », passa sur les positions et déversa sa cargaison de tracts habituels, appelant à la désertion. Brutalement le tir de l'artillerie russe démarra, mêlant son vacarme à celui des canons allemands qui répondaient. Par milliers, les obus, les roquettes et les fusées s'abattirent sur le retranchement allemand. La terre tremblait et s'ouvrait, projetant des paquets de glace et de terre gelée en tous sens, mêlés au feu et au fer des projectiles. Des corps horriblement mutilés voltigèrent dans les airs et par-dessus les tranchées. A nouveau, les cris des blessés se mêlèrent aux explosions. Pelotonnés dans leurs emplacements peu profonds et qui n'assuraient qu'une protection relative, les survivants, abasourdis par le fracas assourdissant, attendaient avec effroi l'assaut imminent, une fois que l'artillerie se serait tue. Aveuglés par les éclairs des déflagrations, abrutis par le déchaînement de l'ouragan qui passait par-dessus leurs têtes, ils se terraient dans leurs trous, inconscients et impuissants, attendant la mort que l'on voyait se refléter dans tous les regards. Le hululement des orgues de Staline qui s'abattaient sur les retranchements, ce sifflement infernal ajoutait encore un peu plus d'angoisse à la détresse des défenseurs qui s'affairaient sur leurs armements en mal de fonctionner. Les mains nues au contact de l'acier cassant sous l'effet du gel, y laissaient des lambeaux de peau, ce qui aggravait encore leur supplice. Les hommes durent maîtriser leur douleur contre les morsures du froid et dans leurs uniformes fossilisés, durent se préparer malgré tout à affronter un nouvel assaut. Les premiers éléments rouges tentèrent la traversée du fleuve en se servant des énormes plaques de glace que ce dernier charriait. Ils n'allèrent pas bien loin, fauchés qu'ils furent par les mitrailleuses et les armes diverses, chauffées à blanc cette fois, qui permirent aussi aux servants de réchauffer leurs doigts engourdis. La première tentative de franchissement fut un échec et les Soviétiques s'en tinrent là. On enterra les nombreux morts dans les trous d'obus que l'on recouvrit d'une simple couche de neige.

A la droite de la 2e compagnie pourtant, le combat faisait rage, la mitraille crépitait avec une certaine amplitude. Le régiment hongrois qui flanquait la compagnie était aux prises avec les unités russes et ployait sous les assauts répétés des *Ivans*. Dans la nuit, la

2e compagnie fut brutalement tirée de son assoupissement provisoire par l'alerte générale. Une menace d'encerclement consécutive à la débandade des unités hongroises menaçait le régiment. Et la fuite éperdue se poursuivit dans le désordre, au milieu d'un enchevêtrement d'engins et de véhicules divers, fuyant à nouveau dans le neige et le verglas ; Claus, Phons et Joul réunis par hasard, emboîtaient le pas au *Feld* Ruhmer qui exhortait tous les hommes de son entourage à se presser davantage, ce qui faisait grogner le Poméranien qui les suivait avec peine et déclarait qu'on n'allait pas mourir à cause des Russes, mais victime d'une congestion due à la transpiration, qu'il fallait absolument éviter par ce froid, car elle risquait de geler à cru les hommes dans leurs uniformes. Les trois copains se rangèrent à l'avis de l'ancien, se fiant à son expérience et ralentirent leur allure. Ils se retrouvèrent bientôt tous les quatre à la queue de la colonne. Ils passèrent la nuit, tous les quatre attachés par le ceinturon à une carriole transportant des munitions et tirée par quatre chevaux. Le matin, les propos du vieux se révélèrent exacts. A plusieurs reprises, ils rencontrèrent des hommes assis ou couchés dans la neige, ressemblant à des statues, sans vie et sans blessure apparente, congelés dans leur tenue de givre.

— Voyez, ne cessait de répéter l'ancien, ceux-ci ne verront plus l'Allemagne. Pour eux, le voyage est terminé. Le fait de transpirer par ce froid équivaut à courir tout nu dans la neige.

Puis, pour prouver qu'il disait vrai, il alla se porter vers un soldat à genoux sur la glace, au bord de la route, et le repoussa de la main. Ce dernier s'abattit dans la masse neigeuse, avec un bruit mat, comme une statue de pierre. Les Russes avaient débordé les unités hongroises et ne semblaient pas vouloir s'occuper momentanément des unités allemandes. Une escadrille de chasseurs *Yak* passa toutefois à plusieurs reprises au-dessus du convoi et lâcha ses bombes et ses grenades sur le malheureux troupeau qui serpentait à travers la taïga. De nombreux morts et blessés jalonnèrent la route du repli. Joul, Claus et l'ancien trouvèrent protection sous les chenilles d'un char abandonné. Après l'alerte aérienne, ils reprirent leur chemin de croix, croisant les morts et les blessés du mitraillage dont personne ne se souciait. C'était devenu un « chacun pour soi », ajoutant encore un peu plus d'horreur à la folie et l'abomination des survivants. Les infortunés blessés imploraient ceux qui les abandonnaient, les accablant parfois d'injures, suppliant qu'on les abatte pour qu'ils ne tombent pas vivants aux mains des Soviets, où dévorés par les loups qui erraient dans les parages. Mais les rescapés passaient sans les voir, se désintéressant complètement de leur sort.

Un malheureux, homme d'un certain âge, rampait comme une limace au milieu de la route sanglante, les deux pieds à moitié sectionnés. L'ancien, Claus, Phons et Joul, pris de pitié, le hissèrent sur les caisses de munitions de leur chariot. L'homme continuait à gémir. Malheureusement les quatre compagnons ne possédaient plus de pansement pour le soigner.

— D'ailleurs, cela ne servirait à rien, déclara l'ancien. Ses pieds sont gelés et dans une heure il aura cessé de souffrir.

Effectivement, il expira quelques instants plus tard en maudissant le Führer et la grande Allemagne.

Espérer et survivre

Ils marchèrent des jours, puis encore des jours et des nuits, les sourcils raidis par les glaçons, les narines bouchées par les rafales de vent qui leur plaquaient la neige au visage, les poumons brûlés par le froid et qui haletaient comme des soufflets de forge. Mitraillés de jour, ils vivaient dans l'angoisse d'être rattrapés par les unités légères russes qui les traquaient. Heureusement que l'ancien parvenait à trouver quelques patates ou betteraves qu'ils rongeaient toutes crues, ce qui leur permettait de survivre. Un jour, il découvrit dans une remise un sachet de graines de tournesol, qu'il conseilla de mâcher lentement afin d'atténuer la sensation de faim qui tenaillait horriblement les entrailles de la petite équipe. Ils arrivèrent enfin dans un bourg dévasté par les flammes et rejoignirent le reste de la compagnie qui bivouaquait en ces lieux. Les hommes de la compagnie avaient découvert un porc que les villageois avaient tenté de cacher. Ils firent griller l'animal sur un grand feu de bois autour duquel s'étaient agglutinés les soldats grelottants qui engloutirent leur ration de viande avec une rapacité écœurante, rongeant les os jusqu'à la dernière miette. Les pauvres paysans récupérèrent tous les déchets qu'ils firent bouillir dans des chaudrons pour en faire une soupe. Après ce repas providentiel, l'unité reprit sa route, fuyant encore et toujours, trop heureuse de ne point avoir été rattrapée par les avant-gardes soviétiques, alors qu'au nord et au sud de leur axe de marche le canon tonnait toujours, présageant un encerclement auquel ils avaient échappé jusqu'à présent.

Brusquement, et comme l'ancien l'avait prédit, le froid s'atténua, la neige cessa de fouetter les visages, le blizzard se calma et la température augmenta sensiblement. En trois jours, les montagnes de neige qui encadraient la route du désespoir commencèrent à se tranformer en myriades de rigoles qui, ruisselant sur la chaussée, transformaient celle-ci en un immonde bourbier dans lequel pataugeait la troupe à la dérive. Ils marchèrent toujours, englués dans la gadoue, se dirigeant maintenant vers le Dniestr qui, après le Dniepr et le Bug, devait leur servir de nouvelle base d'attaque pour une ultime offensive qui, selon la propagande nazie du *« Front de l'Est »*, devait rejeter les unités russes au delà de l'Oural.

Les bottes faisaient l'effet de ventouse dans la fange du chemin, ajoutant encore à leur fatigue, car chaque pas pour se désembourber accroissait démesurément leur lassitude. C'est alors que Phons et Joul avisèrent aux abords d'un petit hameau, deux haridelles, maigres et décharnées, qui broutaient le chaume non entièrement consumé du toit d'une isba. Les deux copains s'emparèrent des deux chevaux et se hissèrent sur leur dos. Les pauvres bêtes, comme les hommes, s'enfonçaient dans la vase du chemin, parvenant toutefois plus facilement à forcer le passage.

C'est ainsi que les deux amis ménagèrent un peu leurs forces et purent prendre un peu de repos, juchés sur leurs montures, éveillant au passage la jalousie et la convoitise des autres éléments de l'unité. Ecroulés sur l'encolure de leurs bêtes, ils purent même dormir quelques heures. Au bout de deux jours, les animaux s'arrêtèrent simultanément au milieu de la route gluante, refusant de faire un pas de plus. Phons et Joul abandonnèrent leurs montures qui, aussitôt délestées de leur fardeau, prirent la clé des champs en s'ébrouant. Et le calvaire continua, à pied, comme les autres éléments de la compagnie.

Cela faisait quinze jours qu'ils fuyaient ; ils avaient parcouru plus de trois cents kilomètres, enduré la faim, le froid, la boue, subi de nombreuses attaques aériennes, ne dormant que quelques heures, l'estomac dans les talons, la peur au ventre, tourmentés par la crasse et la vermine qui recouvraient leurs pauvres carcasses décharnées. Ils croisaient d'autres soldats arrivant par des pistes adjacentes et tous dans le même délabrement physique. C'est ainsi que Phons et Joul rencontrèrent un autre Lorrain qu'ils connaissaient pour avoir suivi les classes dans la même ville. Il s'appelait René M. et était originaire de la région de Sarralbe. Ce dernier avait l'air complètement déboussolé, marchant avec peine, atteint d'une dysenterie qui l'obligeait à se déculotter à chaque instant au bord de la route. Complètement vidé, désemparé, il ne parlait que de désertion et d'envie de se rendre. Phons et Joul essayèrent bien de l'en dissuader en le stimulant et le soutenant de leur mieux. Ils eurent beau lui exposer les risques et le sort qu'avaient déjà réservé les *Popovs* à d'autres camarades tombés entre leurs mains, rien n'y fit. Il ne voulait pas démordre de ses projets. C'est ainsi, alors qu'ils traversaient un village, que René profitant d'un moment d'inattention de ses camarades, se faufila dans un soupirail et disparut à jamais.

Le canon tonnait toujours à gauche et à droite de la direction de marche de la 2ᵉ compagnie. On percevait même, à certains moments, des tirs de mitrailleuses lourdes. La marche de l'unité s'arrêta dans un gros bourg qui, contrairement à tous les autres, n'avait pas été incendié par l'armée allemande. L'ordre fut donné de bivouaquer en ces lieux. Les hommes s'abattirent dans les granges et les greniers garnis de paille et ne tardèrent pas à s'endormir malgré les morsures des poux qui avaient remplacé celles du froid et qui continuaient à les harceler et à les affecter. Au petit matin, Ruhmer, qui venait d'être nommé sous-lieutenant, réunit sa section et annonça que le régiment se trouvait encerclé. Une percée devait être effectuée dans la journée et la section était désignée comme support de l'attaque. La compagnie se déploya largement dans le village, soutenue par d'autres éléments du régiment qui ne comptait plus que des fantassins. Une unité de chars, venant de l'extérieur de la poche, devait les aider à ouvrir la brèche. A travers les champs qui n'étaient plus recouverts que par des plaques de neige isolées, ils avancèrent en formation de combat, fantômes sales et hirsutes courant vers le village voisin, tenu par les Russes, et vers la mort qui les guettait. L'objectif de la section était un grand ensemble en dur, d'où déjà fusaient de longues rafales d'armes automatiques. Pendant que les mortiers allemands pilonnaient l'orée du village, la section progressait, pliée en deux. Par bonds successifs, les unités allemandes avançaient irrésistiblement, sans tenir compte des pertes. Joul, perdu au milieu de ces forcenés, obligé de suivre le mouvement, courbé sur son arme, dont il maintenait fermement la crosse sur son ventre, avançait avec peine, affolé et épouvanté : la veille, après avoir appris l'encerclement et connu la décision de la contre-attaque, il avait rencontré Phons et lui avait déclaré :

— Tu vois, Phons, j'ai comme un mauvais pressentiment, c'est la dernière fois que nous nous voyons.

— Tais-toi, Joul, tu vas nous porter la poisse. Ce n'est pas maintenant, après tout ce que nous avons enduré, qu'il va nous arriver quelque chose, et puis après tout, une bonne blessure serait la bienvenue.

Lorsque la section donna l'assaut au bâtiment de briques qui semblait être un ancien kolkhoze et où s'étaient retranchés les *Popovs* qui l'occupaient depuis peu et qui n'avaient pas encore eu le temps d'aménager des emplacements de tirs convenables, ce fut une ruée infernale. Les grenades pleuvaient de part et d'autre. On se fusillait à bout portant. L'assaut allemand fut bref, mais sanglant. Les blessés hurlaient leur douleur vers le ciel. De nombreux morts jonchaient les alentours du kolkhoze. A coups de bêches et de baïonnettes, le bâtiment fut enlevé et nettoyé de ses occupants. Joul, dans cette mêlée meurtrière et sans pitié, se trouva soudain nez à nez avec un énorme Mongol qui, du haut d'un escalier, déchargea sur lui, presque à bout portant, un chargeur de mitraillette. Joul perçut le claquement sinistre et le souffle chaud de la rafale le long de sa joue. Dans un réflexe spontané, il appuya sur la détente de son arme. Le Russe, dans un sursaut, lâcha son pistolet mitrailleur et s'affaissa sur ses genoux en gémissant. Il n'était que blessé, assez sérieusement toutefois pour ne plus avoir de velléités agressives nouvelles. Affolé par son geste, Joul resta un bon moment collé dans l'encoignure d'une porte, sans réaction, hébété et tremblant. Il l'avait échappé belle, mais à quel prix ! Ce Russe qu'il avait abattu défendait son pays. Mais lui, qu'avait-il à défendre dans ce milieu de cinglés ? Sa vie, certes, au mépris de celle des autres. Eux avaient quelque chose de plus à défendre : leur patrie !

Une immense pitié submergea tout son être. Il se détourna quand un *Fritz* déchargea son fusil dans le corps du blessé. Qu'y pouvait-il ? « Salopard » pensa-t-il en son for intérieur. Il s'écarta des lieux, tandis que la tuerie continuait dans le village. Beaucoup de civils, mélangés aux militaires russes, périrent ce jour-là, affreusement mutilés. Partout du sang et une odeur de chair grillée : tel était le spectacle après la prise du bourg qui se consumait lentement. La 2e compagnie fit la liaison un peu plus tard avec les éléments des unités de chars. Les blindés élargirent le goulet d'encerclement et détruisirent les derniers éléments rouges qui maintenant fuyaient. Les blessés furent évacués par les soins des unités blindées et les morts, rassemblés, furent inhumés sur place. Le même soir, Joul apprit que Phons avait été blessé et évacué au cours de l'assaut. Une grande tristesse l'envahit et en même temps, une satisfaction qui lui laissait espérer que son ami, non grièvement atteint, obtiendrait son rapatriement sur un hôpital en Allemagne.

Son pressentiment de la veille ne l'avait donc pas trompé. Et Joul se trouva tout à coup comme orphelin, seul et malheureux comme un chien battu. Il savait aussi que Phons ne reviendrait plus, cela il en était sûr. Il pouvait toujours compter sur l'amitié de Claus le Sarrois, certes, mais cette amitié ne représentait point le même degré d'affection que celle qui l'unissait à Phons, qui était un gars de chez lui, un incorporé de force, comme lui, un paria, un apatride à l'honneur bafoué comme lui. Joul s'enfonça dans son chagrin, rêvant à une blessure et échafauda mille suppositions pour trouver un moyen de se mutiler sans éveiller les soupçons des gradés et des médecins . La chose n'était pas facile dans la conjoncture du moment, mais cette idée avait germé dans son esprit et ne le quittait plus, et toujours lui revenait le rêve où Galina lui était apparue et lui avait dit : « Fuis jusqu'aux Carpathes et tu seras sauvé. » Il en était tout près, des Carpathes. Les premiers contreforts des montagnes se profilaient déjà là-bas, derrière le Dniestr. Epuisés et traînant encore avec eux les fatigues de la retraite et le stress éprouvé au cours de l'assaut de la journée, les hommes s'écroulèrent dans un nouvel abri. Les positions aménagées le long du fleuve ressemblaient à celles du Bug et du Dniepr. Une multitude de civils russes creusaient et organisaient le terrain. Et les hommes purent enfin trouver un peu de repos ; ils eurent la faculté de se laver et de s'épouiller, ce qui ne leur était pas arrivé depuis longtemps. L'Armée rouge devait également prendre un peu de repos, car aucune présence de leurs unités n'était signalée. Par contre, au nord et au sud, le canon tonnait toujours avec la même intensité. La compagnie avait subi des pertes terribles pendant la retraite et lors de l'assaut de ces derniers jours. Des renforts arrivèrent, composés en partie de très jeunes recrues et d'autre part d'éléments plus anciens qui revenaient au front après une convalescence consécutive à une blessure. Ces derniers, donc, aguerris, se retrouvaient plongés dans les affres du front, incrédules vis-à-vis des différentes affirmations du *« Journal du Front de l'Est »* qui continuait à proclamer ses bulletins de victoires. Ils étaient aussi sceptiques quant à l'issue du conflit et le faisaient savoir autour d'eux, au grand dam des jeunes, qui, eux, croyaient encore à la victoire finale que leur avait prédite leur Führer.

Le front du Dniestr resta étonnamment calme pendant près d'un mois, à l'exception de quelques escarmouches entre les patrouilles et quelques harcèlements des positions par les corps francs ou des partisans russes. C'est alors que d'impressionnants moyens en chars et matériels allemands se mirent en place à l'arrière des premières lignes. La *Grossdeutschland* réapparut aussi avec ses énormes chars *Tiger,* puis des unités du génie et l'artillerie occupèrent tout l'arrière. Quelque chose se préparait : la boucherie allait pouvoir recommencer. La contre-offensive démarra un matin de mai par un beau soleil de printemps. Le génie avait lancé un pont de bateaux à l'abri d'une forêt dans une des boucles du fleuve et la 2e compagnie ouvrit la tête de pont dans laquelle s'engouffra une formidable armada. Une escadrille de M119 fit son apparition et alla bombarder les villages russes censés être tenus. La compagnie traversa la forêt sans rencontrer de résistance. Les villageois qui étaient en train de reconstruire leurs maisons les regardèrent passer, médusés et perplexes : les « Germanskis » étaient de retour avec leur cortège de malheurs et cela n'augurait rien de bon pour ces pauvres gens. Puis, d'autres villages qu'ils avaient incendiés pendant leur retraite se succédèrent. Ils apprirent par l'ancien, qui avait interrogé les civils, que les Soviétiques décampaient des villages dès l'approche des Allemands. Des chars et des véhicules bourrés d'hommes les dépassèrent. Maintenant, ils se trouvaient pour la première fois depuis longtemps en deuxième échelon, ce qui rassura momentanément les plus anxieux. L'offensive était toutefois plus lente, très lente, les blindés se trouvant souvent confrontés aux éléments retardataires adverses. Il n'était pas rare que le régiment séjournât parfois plusieurs jours dans le même village.

Un soir où la 2e compagnie bivouaquait dans un bourg, elle fut subitement attaquée par une nuée de partisans particulièrement fanatisés et entreprenants. Sous la lueur des fusées éclairantes, ils vinrent littéralement s'enferrer sur les baïonnettes allemandes. Les grenades fusaient en tout sens et ce fut à nouveau un carnage épouvantable, dans un corps à corps frénétique, où les imprécations rageuses et bestiales se mêlèrent aux hurlements et gémissements des blessés. Le corps à corps ne dura point. Excédés et déçus, les partisans lâchèrent prise, abandonnant leurs morts et blessés. Les villageois, rassemblés pour la circonstance, ensevelirent les morts. Quant aux blessés russes, leur sort fut réglé par une équipe de tueurs patentés qui effectuèrent leur répugnante besogne avec haine et une méprisable hystérie. Le ravitaillement était assuré normalement et même le courrier suivait régulièrement. Au loin, vers l'Est, le canon tonnait toujours et des pièces d'artillerie continuaient à être acheminées vers l'avant. Les jeunes nazis de l'unité se frottaient les mains en déclarant que leur Führer n'avait pas menti en leur promettant une contre-offensive victorieuse. Ils n'allaient pas tarder à déchanter.

Juin était là, et la fameuse offensive n'avait progressé que d'une centaine de kilomètres. Les paysans russes avaient effectué leurs travaux des champs, tractant à la main leurs charrues et leurs herses car ils ne possédaient plus de chevaux ni de bœufs pour remplir la besogne. Les femmes russes refusaient de laver le linge des Allemands, prétextant qu'elles n'avaient plus de savon, mais la raison était tout autre. Elles avaient certainement appris ce qui était arrivé aux lavandières ayant rendu service aux soldats nazis. Un jour de juillet, les blindés et les unités mécanisées, la *Grossdeutschland* en tête, croisèrent les unités de fantassins du régiment. Ces unités se repliaient. L'offensive avait échoué, et les soldats de ce régiment soi-disant d'élite n'avaient plus la même arrogance que lors du début de la contre-attaque. A leur tour, ils étaient sales, barbus, avaient les traits tirés et leur outrecuidance avait disparu. Cela faisait près de deux mois qu'ils guerroyaient en première ligne et avaient connu à leur tour les tourments dévolus jusque-là aux humbles fantassins. La 2e compagnie dut prendre position sur d'anciens emplacements de combat, le long d'une petite butte dominant une immense plaine parsemée de haies et de buissons. Le cantonnement fut aménagé comme d'habitude et la pauvre unité se retrouva en premier échelon dans l'attente de l'initiative des bolcheviques. Cette attente ne dura pas. Joul avait été affublé d'un nouvel attirail de fusées anti-chars et participait aux travaux d'organisation avec peu d'empressement. Ses pensées voguaient toujours là-bas, vers ce petit village où dormait à jamais la délicieuse créature qu'il avait aimée. Il pensait souvent à Phons aussi. Avait-il été évacué vers l'Allemagne ? Il espérait une lettre de lui, avec de bonnes nouvelles. Il n'était pas possible que Phons l'oublie et il attendait avec une certaine impatience. Cela faisait près de trois mois que Phons avait été blessé. La lettre arriva enfin. Il se trouvait dans un hôpital, en Allemagne, et devait prochainement bénéficier d'une permission de convalescence. « Alors je prendrai les décisions qui s'imposent et dont tu peux te douter » déclarait-il dans sa missive. « Tu avais raison, la veille de la contre-offensive, tu avais vu juste, mais j'espère de tout cœur te revoir dans notre chère Lorraine ; au revoir, Joul, fais gaffe à toi et à bientôt, Phons. » Joul pensa longuement à son ami, espérant lui aussi le revoir bientôt, car il savait que Phons ne retournerait plus jamais au front. Dans sa lettre, Phons lui apprit aussi que les Alliés avaient débarqué en Normandie, ce que les troupes allemandes du front de l'est ignoraient encore, leur propagande s'étant bien gardée de s'en vanter.

Un tir d'artillerie russe se déclencha un soir sur les positions tenues par la 2e compagnie. Tir disparate et peu fourni dont les obus encadraient peu à peu la ligne de front. « C'est un tir de réglage », répétait l'ancien, « ça va bientôt chauffer pour de bon ».

En effet, le lendemain à l'aube, le tonnerre se déclencha. A nouveau, un vrai déluge de fer et de feu s'abattit sur les tranchées allemandes. Un véritable tremblement de terre secoua l'environnement. Des milliers d'obus et de roquettes labouraient le sol, broyant tout sur leur passage. Les tympans étaient déchirés par les explosions. Comme des pantins désarticulés, les hommes volaient en l'air pour retomber pantelants dans leurs retranchements, broyés et déchiquetés par un ouragan irrésistible. Des hommes furent ensevelis vivants dans l'effrondrement des postes de tir ; les hurlements des blessés s'étouffaient sous le labourage défonçant le sol comme le soc d'une charrue. Jamais encore, ils n'avaient subi un bombardement aussi violent et aussi intense. Pour parfaire leur désespoir et malheur, une escadrille de *Yaks* prit en travers les lignes allemandes, déchargeant sa cargaison de grenades et de bombes sur une compagnie vouée à la destruction. Joul s'acharnait à creuser plus profondément son trou et il transpirait autant sous l'effet de l'acharnement qu'il mettait à son terrassement, que celui de la peur qui lui tenaillait les entrailles. Le commandant de compagnie venait d'être tué et le sous-lieutenant Ruhmer prit le commandement de ce qui restait de l'unité. La sarabande des *Yaks* s'était arrêtée. L'artillerie russe s'était tue. Mais l'infanterie, précédée de quelques chars, se présenta alors, semant la terreur parmi les rescapés. Ruhmer reçut l'ordre par radio de résister coûte que coûte jusqu'au dernier homme. Claus, calé derrière son arme, arrosait les premiers assaillants. Joul tira sa première roquette sur un tank qui venait légèrement de travers et qui avait eu la malheureuse initiative de s'arrêter à quelques mètres des tranchées. Celui-ci prit feu immédiatement, l'équipage s'en échappa, les uniformes enflammés et avant qu'ils aient pu se rouler au sol pour éteindre les flammes, les trois tankistes furent abattus par la mitrailleuse de Claus. Quelques pièces d'artillerie allemande et des mortiers de soutien arrêtèrent un moment la première vague d'assaut qui ne se trouvait plus qu'à quelques mètres des tranchées. Claus eut sa mitrailleuse pulvérisée par une grenade et, d'un bond, vint se réfugier dans l'emplacement occupé par Joul. Ce dernier lui plaça entre les mains l'un de ses P.Z. et tous deux attendirent le char qui rugissait et s'avançait seul vers le trou tenu par les deux amis. Tous deux, le doigt sur la détente de leur engin, laissèrent le monstre arriver jusqu'à une dizaine de mètres, puis Joul lâcha sa fusée et s'aplatit dans le fond du trou. Il ne sut jamais s'il avait fait mouche, mais il perçut très bien le départ du coup tiré par Claus, et il reçut sur son dos le corps de son camarade. Un liquide chaud et visqueux coula sur sa joue et le long de son cou. Il supplia Claus de le libérer du poids qui l'écrasait. Claus ne répondait point. Alors Joul se dégagea difficilement de son fardeau et encaissa un choc qui l'étreignit en plein cœur : Claus, le crâne décalotté, gisait maintenant au fond de la cavité. Il avait été tué sur le coup, la moitié de la tête arrachée. Joul lui ferma les yeux qui le regardaient encore. Et alors, subitement, un éclair passa dans son esprit.

Comme dans un tourbillon, il vit en quelques secondes Claus, son dernier ami, mort, Phons qui n'était plus là, le rêve de Galina, la lettre de son père qui lui disait « Reviens » et là-bas, au loin, une fourmilière d'hommes et de chars, le 2e échelon russe qui se ruait sur les positions, rouleau compresseur que plus rien ne pouvait arrêter et Ruhmer qui donnait l'ordre de retraite aux quelques rescapés du massacre. Joul se trouvait seul face à tous ses problèmes. Quelque chose se brisa en lui. Il saisit, sans hésiter, une grenade qu'il dégoupilla, et après l'avoir lancée à deux mètres de son abri, sortit sa main gauche au ras bord de son emplacement et attendit la déflagration. Quand celle-ci se produisit, il ne ressentit aucune douleur à sa main qui avait été projetée en arrière et qui pendait maintenant, criblée d'éclats et ensanglantée, le long de son corps. Il bondit hors de son emplacement et, sous le couvert de la fumée qui se dégageait du char en feu, courut de toutes ses forces pour rattraper les fuyards de l'unité qu'emmenait Ruhmer. En route, il rencontra un soldat roumain égaré et qui marchait sans se presser, une mitrailleuse sur l'épaule, dans la même direction que les fugitifs allemands. Ce dernier, visiblement apitoyé par le jeune âge du soldat allemand, par le sang de Claus qui maculait son visage et son bras qui pendait lamentablement, le prit par l'épaule et l'aida à remonter le versant de la colline. Ce geste alla droit au cœur de Joul qui gratifia le soldat roumain d'un sourire amical. Alors seulement la douleur envahit son bras, et il remarqua également qu'il lui manquait une phalange à la main.

Pendant ce temps, un nouveau tir d'artillerie s'abattait sur les tranchées abandonnées, préparant l'assaut dans le vide du 2e échelon d'attaque russe. Arrivé en haut de la butte que couronnait une grande batisse en briques, Joul retrouva Ruhmer et les treize hommes rescapés de la compagnie. Le lieutenant plaça rapidement un pansement sur l'avant-bras mutilé de Joul qui lui apprit que Claus avait trouvé la mort. Ruhmer en fut sincèrement affecté. Le bâtiment où la petite troupe s'était réfugiée regorgeait de blessés. C'était une ancienne antenne du service médical désertée par le personnel soignant. C'était aussi un dépôt de munitions. Ruhmer fit rapidement l'appel. L'ancien était là aussi, rescapé de la tuerie. Le lieutenant fit distribuer des grenades à tous les blessés non valides et leur laissa la latitude de s'en servir ou non, le cas échéant. Il demanda au Roumain s'il voulait le suivre ; celui-ci acquieça. Il plaça sur le dos de Joul le poste de radio qu'il avait récupéré auprès du corps du capitaine tué, attribua un nombre considérable de grenades à main aux quatorze hommes valides et rescapés et le petit groupe s'enfonça dans la forêt, vers l'ouest, vers le Dniestr. Le commando longea à une distance respectueuse la large laie forestière qui plongeait dans les bois, se frayant un chemin à travers buissons et épineux, l'œil aux aguets et l'arme en position de tir. Ils étaient lourdement armés. Ruhmer avait récupéré la sacoche de son capitaine qui contenait toutes les directives et l'ordre de base de transmissions. Par contre, ils ne possédaient pas de nourriture et le premier objectif du lieutenant fut de se ravitailler par tous les moyens.

Le second jour de leur escapade, un convoi de camions russes emprunta la piste forestière. C'était les premières troupes de choc qui poursuivaient les unités allemandes en déroute. Le groupe Ruhmer se camoufla dans les buissons, en observant avec angoisse ce déferlement. Les *Ivans*, eux, ne soupçonnèrent point leur présence et ils purent continuer leur pénible exode en progressant parallèlement à l'axe de marche des Russes qui eux aussi se dirigeaient vers le Dniestr. Le troisième jour vint au secours du groupe allemand. Les véhicules russes, souvent isolés, suivaient maintenant la route de la forêt. C'étaient des véhicules chargés du ravitaillement de l'avant. La faim commençait à tenailler les estomacs affamés des fuyards et les fruits des bois ne suffisaient point à apaiser leur fringale. Aussi, le lieutenant Ruhmer décida-t-il d'attaquer un de ces véhicules isolés. Encore fallait-il s'assurer qu'il transportât du ravitaillement. Le groupe se rapprocha avec précaution de la piste et une embuscade fut montée à un endroit où pendait aux branches d'un bouleau, le corps entièrement dénudé d'un *Feldgendarmen* qui portait uniquement, suspendu à son cou, la plaque officielle de ses fonctions. Un autre soldat allemand gisait sur le bord de la sente, les mains attachées à un arbre et le corps coupé en deux par le passage incessant des véhicules russes. Un camion de l'Armée rouge s'arrêta à hauteur du corps du supplicié ; les deux conducteurs descendirent de leur véhicule et se mirent à uriner sur le corps du malheureux en s'esclaffant. C'est cet instant que choisit Ruhmer pour lancer le Roumain, qu'ils avaient baptisé Romano et un autre homme du groupe, sur les deux Russes. Les baïonnettes éventrèrent les deux *Popovs* qui ne s'attendaient point à une fin aussi tragique. Ils furent hissés dans la cabine de leur camion. Pendant ce temps, l'ancien, grimpé sur le camion, après un rapide et bref inventaire, balança dans les buissons un sac de boules de pain et un autre contenant des bandes de lard fumé. Puis le véhicule fut incendié, ce qui pouvait laisser croire aux camions suivants qu'il s'agissait d'un éventuel accident. Ruhmer fit distribuer équitablement le providentiel ravitaillement, puis le commando replongea dans l'immensité des bois. Les hommes se tapirent au milieu des ombrages et purent apaiser, ainsi, la faim qui les dévorait. Le lieutenant décida aussi que l'on ne marcherait plus que la nuit pour se reposer dans la journée et éviter de se faire repérer.

La nuit suivante, alors qu'ils cheminaient sous les frondaisons, leur attention fut attirée par un grand feu qui brûlait dans une clairière et par une forte odeur de chair grillée. Des voix rogues, entrecoupées de rire, leur parvenaient également. Ruhmer, envoya une équipe accompagnée de l'ancien, en reconnaissance. Avec toutes les précautions d'usage, le petit groupe s'approcha au plus près de l'obstacle et revint rendre compte de ce qu'ils avaient aperçus. Au milieu de la clairière, une dizaine de partisans faisaient ripaille autour d'un grand feu. Leur armement était entreposé en faisceaux derrière eux. Un feu plus petit était allumé à proximité, sur lequel rôtissait un soldat allemand encore affublé de son seul casque. Ses membres écartelés étaient attachés à quatre arbres. L'homme se tortillait dans ses liens. Tout le bas de son corps était totalement calciné et ses parties génitales complètement carbonisées. Le malheureux faisait encore des mouvements désordonnés pour se soustraire aux morsures des flammes. Au milieu du cercle, un autre soldat allemand, auquel les partisans avaient laissé ses seules bottes, gesticulait en des mouvements désordonnés et incohérents. Les partisans lui avaient enfoncé dans le crâne une douille de cartouche et s'amusaient en brocardant leurs malheureux prisonniers. Les Russes étaient passablement ivres, leurs cris et leurs clameurs le prouvaient avec certitude. Cela facilita par ailleurs la tâche du commando. Ruhmer désigna à chacun de ses hommes, distinctement, le partisan à abattre. Les pelles-bêches et les baïonnettes entrèrent en action avec la rapidité de l'éclair. Les partisans, surpris et ne s'attendant plus à une présence allemande, n'eurent pas le temps d'opposer la moindre résistance. Et déjà, dix cadavres jonchaient la clairière, sans le moindre coup de feu. Un homme du commando coupa les liens du supplicié qui grillait sur le foyer. Un autre essaya sans succès de retirer la douille de cartouche du front du second persécuté. Mais pour les deux hommes, il n'y avait plus d'espoir de s'en sortir. Alors, Ruhmer fit un signe au Roumain qui comprit immédiatement. Pendant que tout le groupe se détournait, Romano mit fin au supplice des deux hommes. Et le commando Ruhmer reprit son chemin à travers la forêt, mortifié par ce qu'il venait de découvrir. Le lendemain, la liaison radio fut établie avec le régiment, installé de l'autre côté du Dniestr. Ils arrivèrent enfin au bord du fleuve après six longs jours de marche. Après une ultime liaison radio, ils prévinrent le régiment de leur arrivée. On leur offrait aide et protection pour la traversée. Dans une petite boucle où le fleuve ne mesurait qu'une cinquantaine de mètres de large, ils mirent à l'eau des billes de bois et commencèrent la traversée. Ruhmer s'apercevant que Joul ne pouvait traverser avec son poste de radio qui ne pesait pas loin de dix kilos, autorisa ce dernier à l'immerger. Ils arrivèrent au milieu de la rivière lorsqu'un seul coup de feu partit de la rive qu'ils venaient de quitter. Romano, qui maintenait sa mitrailleuse arrimée sur son tronc d'arbre, à côté de Joul, sursauta puis dans un gargouillis sinistre disparut dans les flots tumultueux. Le commando atterrit enfin sur la rive ouest. Le colonel commandant le régiment était là. Après les félicitations d'usage, ce dernier remit à chacun des rescapés une petite boîte noire : la croix de fer, que Joul fourra dans la poche de sa vareuse sans la moindre conviction. Une ambulance était prête et le lieutenant Ruhmer tint à accompagner Joul jusqu'au véhicule qui devait l'emmener vers son destin. Après lui avoir souhaité bonne chance, Ruhmer déclara à Joul qu'ils ne se reverraient sans doute jamais. Joul remercia l'officier pour tout ce qu'il avait fait pour lui :

— Merci, mon lieutenant, dit-il en français.

Ruhmer, avec un sourire désabusé, aida encore Joul à grimper dans l'ambulance. Avant que celle-ci ne démarre, Joul, affalé sur son brancard, se redressa sur son coude valide, pour jeter vers l'est un dernier regard à travers la vitre arrière. A cet instant, sa pensée s'envola vers sa chère et tendre Galina qu'il abandonnait à tout jamais, au pied des Carpathes, là où elle lui avait promis qu'il serait sauvé. Une larme perla à ses yeux, puis il se laissa aller aux cahots de l'ambulance qui l'emmenait vers la liberté. Un train atendait dans une petite gare sans nom, un transport de blessés qui arriva en gare de Lwow en Pologne. Joul se souvint alors que Galina avait fait ses études à Lwow, d'où elle avait fui pour rejoindre la Russie, qui n'était pas sa patrie à elle non plus, et où elle était morte pour avoir essayé de sauver de l'esclavage un « Malgré-nous » lorrain. Joul pleura encore au souvenir de Galina, puis le train repartit vers l'Allemagne, mais aussi vers le salut et vers la liberté.

Les chemins de la liberté

La fin du cauchemar

La blessure de Joul s'étant infectée, son bras avait pris un aspect inquiétant tant par le volume que par la couleur. Son pansement n'avait pas été changé depuis que Ruhmer le lui avait appliqué. Le docteur, affecté au transport des blessés et auquel Joul s'était plaint, ne disposait point de pansements neufs. Il se contentait d'injecter de la morphine et de distribuer des calmants aux soldats les plus mal en point, ceci avec une indifférence froide et impassible. A Cracovie, le train s'arrêta en gare, parallèlement à un train de voyageurs, aux fenêtres duquel s'agglutinaient des blessés de la S.S. Les runes distinctives de leur état brillaient aux revers de leurs cols. Leurs pansements avaient la blancheur immaculée de la neige. Quelques visages de femmes s'encadraient dans les fenêtres au milieu de ces privilégiés. C'étaient vraisemblablement leurs infirmières. Certaines riaient et chantaient. Ils regardaient avec mépris et répulsion ce convoi de blessés de la Wehrmacht, dans leurs wagons à bestiaux, emmenant jusqu'en Allemagne la poussière ou la boue des tranchées qui maculait encore leurs uniformes et leurs pansements. Quelle désinvolture d'un côté, quelle misère de l'autre ! Ecœuré, un soldat du convoi défavorisé tira la porte de la voiture afin de soustraire à la vue des sbires d'Hitler le triste spectacle de ces parias déshérités. La colère grondait dans le wagon d'où s'élevaient des slogans hostiles à la S.S. et au régime. Il existait donc deux armées : l'élite fidèle au Führer, jouissant de tous les honneurs et de toutes les facilités, et la Wehrmacht, multitude anonyme, misérable et frustrée.

Deux jours plus tard, le train entra en gare de Prague où tous les médecins et chirurgiens de la ville avaient été réquisitionnés pour soigner plusieurs convois de blessés qui stationnaient sur les quais. Joul, dont le bras, maintenant, avait l'aspect et la grosseur d'un tuyau de poêle, était pris de vertiges et de nausées qui le plongeaient dans un état de léthargie.

Lorsque deux brancardiers le descendirent sur le quai, affalé sur son lit de camp, il aperçut la bonne figure ronde d'un médecin en civil en train de défaire son pansement infect ; un bistouri trancha dans sa chair. Il eut le temps, avant de s'évanouir, de déclarer au docteur qui s'affairait sur son bras : « Je ne suis pas allemand, je suis français », et cela dans sa langue maternelle. Il se réveilla dans une grande salle, éclairée par des baies géantes, dans un lit confortable, en compagnie de blessés graves qui avaient été triés par les médecins tchèques et emmenés dans les hôpitaux de la ville. Un pansement flambant neuf emmaillotait tout son bras. Puis il eut la surprise de découvrir le visage jovial du médecin civil qui lui avait prodigué les premiers soins sur le quai de la gare. Joul reconnut tout de suite cet homme qui s'approcha de lui et lui dit dans un français impeccable : « Je pense que ton bras est sauvé, la gangrène n'a pas atteint son point culminant. Avec quelques piqûres, le mal devrait être enrayé. Quand je t'ai entendu parler français, j'ai tout de suite pensé que tu étais un de ces incorporés de force en provenance d'Alsace-Lorraine. »

— Mais docteur, où donc avez-vous appris à parler français de façon aussi parfaite ?

— Cela a été ma première langue étrangère au lycée et j'ai continué à la parfaire par la suite. J'ai aussi participé à plusieurs colloques à l'Université de Strasbourg, que je connais bien. Je sais également quel a été le sort des jeunes de ton pays et je suis très heureux de rendre service à l'un d'eux.

— Merci, docteur, je n'oublierai jamais ce que vous faites pour moi.

Le toubib déballa le bras de Joul pour refaire son pansement. Une peau froissée, jaune et ridée apparut et Joul eut peur. C'était une peau de vieillard, décrépite et ressemblant à du parchemin desséché. Le docteur le rassura par des paroles réconfortantes :

— Il ne reste plus qu'à extirper les éclats de ta main. D'ailleurs, dans quelque temps, ton cauchemar sera terminé. Comme tu dois le savoir, les Alliés ont débarqué en Normandie et élargissent leur tête de pont. Les Russes, de leur côté, sont entrés en Pologne.

Brave docteur Wruclaw ! Grâce à lui, Joul jouissait de toute la sympathie des infirmières et des dames de la Croix-Rouge tchèque qui le gâtaient journellement. Cela faisait aussi vingt-et-un mois qu'il n'avait plus dormi dans des draps et il appréciait ce confort oublié, tout en profitant du doux farniente qui lui était accordé.

Un ordre brutal et inattendu vint briser la léthargie béate dans laquelle Joul se trouvait plongé. « Tous les blessés allemands se trouvant dans les hôpitaux civils de la ville de Prague seront rassemblés pour être évacués vers les hôpitaux de la métropole. » Joul se retrouva donc dans un wagon à bestiaux semblable à celui qui l'avait amené dans la capitale de la Tchécoslovaquie, et prit le chemin de l'Allemagne.

Il avait vécu six jours de bonheur et de quiétude dans une clinique de Bohème et avait apprécié à sa juste valeur la prévenance désintéressée dont il avait fait l'objet durant ce court séjour. Le train s'arrêta à Nuremberg et un fort détachement de blessés quitta le convoi qui reprit sa route. Joul fut débarqué à Amberg, petite ville de Bavière, et hospitalisé au lazaret de la Trinité. Là, un chirurgien extirpa la plus grande partie des éclats incrustés dans sa main et son avant-bras, et fixa un plâtre sur son poignet fracturé. Dans la même journée, il fut convoqué au bureau du médecin-chef, et à sa grande surprise, il fut obligé de faire un récit circonstancié sur l'origine de sa blessure. Personne, jusque là, ne lui avait rien demandé, ni le lieutenant Ruhmer, ni le capitaine qui commandait la compagnie, ni le colonel. Mais ce médecin-chef avait sûrement reçu des ordres pour dépister les mutilations volontaires qui prenaient des proportions alarmantes en cette fin de guerre, même parmi les Allemands. Surpris, mais non décontenancé, car il s'attendait plus ou moins à un interrogatoire de ce genre, en raison tout d'abord de ses origines et ensuite de la localisation de la blessure, il avait déjà préparé dans sa tête la réponse adéquate.

— Je me trouvais dans un trou d'obus lors d'un assaut russe. Un Soviétique balança une grenade dans mon emplacement de combat. Je saisis cette grenade et, au moment où je la lançais hors du trou, elle explosa.

Cette réponse ne satisfaisait pas entièrement son interlocuteur qui continua le questionnaire.

— Mais pourquoi avez-vous saisi cette grenade avec la main gauche ?

— Parce qu'elle était tombée à ma gauche et que ma main droite tenait une arme. Joul continua la réplique par un mensonge qu'il savait être incontrôlable. Le lieutenant Ruhmer, qui était à mes côtés, pourra vous le confirmer. J'ai d'ailleurs été cité ce jour-là par mon colonel.

Le médecin-chef vérifia sur le livret militaire de Joul la véracité de ces faits qui coïncidaient avec ses réponses, en ce qui concernait la date de la blessure et la citation, puis il le congédia, visiblement satisfait de cette mise au point.

Les jours suivants, Joul fit la connaissance de trois prisonniers de guerre. Ils travaillaient dans les boucheries et boulangeries qui ravitaillaient l'hôpital. L'un d'entre eux était chargé de l'entretien extérieur des jardins et du potager du lazaret. C'est avec ce dernier que Joul, qui pouvait se promener à sa guise, eut le plus de contacts. C'est ainsi qu'il fut tenu au courant des événements de France. Les prisonniers étaient au nombre de dix, cantonnés dans un immeuble qu'ils nommaient « Commando », et situé derrière l'hôpital. Le bâtiment était ceint d'une rangée symbolique de barbelés et tous les soirs à 21 heures, un vieux réserviste fermait le portail avec un cadenas dont, depuis longtemps, les prisonniers détenaient les doubles des clés. Ces dix hommes s'abandonnaient à leur sort depuis près de quatre ans et semblaient se satisfaire de leur destin. Ils possédaient un poste radio et l'un deux avait même un accordéon. Etant donné les professions de leurs employeurs civils, ils ne souffraient nullement de la faim. Un soir, ils invitèrent Joul dans leur « Commando ». Ils venaient de recevoir des colis de la Croix-Rouge et se préparaient à un vrai festin. En entrant dans l'immeuble, Joul fut frappé, littéralement stupéfié, en découvrant un portrait de Pétain placardé au mur et portant l'inscription « Maréchal, nous voilà ! ». Il ne dit rien, mais dans son for intérieur, l'estime et la considération qu'il portait à ces hommes baissèrent fortement. Il mangea sans enthousiasme le copieux repas qu'ils avaient spécialement cuisiné pour lui. Puis l'accordéoniste joua l'air que les prisonniers reprirent en cœur : « Attends-moi, mon amour, dans ce beau coin de France. » Ce qui mettait un peu de baume au cœur du jeune Lorrain, c'était d'avoir le plaisir de parler français et d'entendre des chansons françaises. Cela faisait si longtemps qu'il n'avait plus eu la joie d'entendre les accents de sa langue maternelle ! Néanmoins il quitta ses généreux protecteurs avec une certaine amertume et une déception manifeste.

Le lendemain, alors qu'il se reposait sur un banc dans le jardin de l'hôpital, le préposé à l'entretien du parc, tout en balayant autour de son siège, s'adressa à lui en ces termes :

— Hier soir, j'ai remarqué ton peu d'entrain et j'ai surpris ton regard se posant à intervalles réguliers sur le portrait de Pétain ; tes yeux fulminaient d'indignation et tu n'as pas spécialement apprécié notre invitation.

— J'ai beaucoup apprécié votre invitation, mais j'ai été incommodé et même profondément choqué par l'effigie en question. Je le considère, avec Laval, comme responsable du malheur et des misères endurés par les jeunes d'Alsace et de Lorraine. Pour l'instant, il n'y a qu'un seul homme qui garde toute ma sympathie et ma confiance, c'est le Général de Gaulle.

— La plupart d'entre nous sont gaullistes, reprit l'autre, et la photo de Pétain n'est là que pour donner le change, sans plus.

Pour ne pas éveiller les soupçons, le jardinier quitta les lieux sans ajouter un mot. La guérison de Joul suivait son cours. Il attendait avec impatience sa permission de convalescence qui ne devait plus tarder maintenant.

Le 25 août 1944, le jardinier lui annonça discrètement que Paris était tombé aux mains des Alliés. Cependant la signature de son congé tardait et l'inquiétude commençait à l'accabler. Il y avait aussi, parmi les blessés soignés à l'hôpital, un autre incorporé de force. Plus âgé que Joul, il avait accompli plusieurs mois de service dans l'armée française. Il avait été fait prisonnier en 1940, puis libéré en sa qualité d'Alsacien-Lorrain. Joul ne lui accordait pas la moindre considération et évitait toute rencontre avec l'intéressé car il ne comprenait pas comment, étant majeur, il avait répondu à l'incorporation, ses parents ne risquant plus de représailles de la part de l'occupant.

La nouvelle tomba comme la foudre sur toute la chambrée. Ce matin-là, c'était le 27 août 1944, le haut-parleur de l'hôpital annonça : « En raison des événements graves qui menacent le peuple allemand, toutes les permissions sont annulées jusqu'à nouvel ordre. Il est demandé à chaque homme de serrer les rangs pour la défense et la victoire inéluctable du Troisième Reich. » Abasourdi, Joul s'écroula sur son lit, littéralement épouvanté. C'était la fin de tous ses espoirs et la plus terrible de ses désillusions. Il en fit part à son ami le jardinier qui exprima le souhait de le voir ce même soir à leur « Commando » où une solution pourrait être trouvée à son cas. Joul ne tarda point à rejoindre la maison où les prisonniers français étaient enfermés le soir après 21 heures. Quand il pénétra dans la pièce, son premier regard tomba sur le mur où, quelques jours plus tôt, trônait encore l'effigie du Maréchal. L'image de ce dernier avait disparu. Tous les prisonniers étaient là et accablaient Joul de leur pitié. Ils lui servirent du café et du chocolat. Ils lui suggérèrent de prolonger son séjour à l'hôpital en infectant ses plaies avec des rognures d'ongles, ce qui aurait eu pour effet d'envenimer assez gravement ses blessures. Joul rejeta cette proposition car un autre plan avait germé dans son esprit : le train. Devrait-il voyager sur les essieux d'un wagon, qu'importe ! il partirait, et sans tarder. Les prisonniers le dissuadèrent d'employer ce moyen en lui expliquant qu'un de leurs camarades l'avait expérimenté à ses frais, pour s'évader d'Allemagne. Il avait tenu cinquante kilomètres, puis rendu fou par le bruit des roues sur les rails et la trépidation des essieux, il s'était livré aux gendarmes allemands qui l'envoyèrent en Stalag disciplinaire. Ils lui suggérèrent d'aller voir à la gare de marchandises où les trains en direction de la France portaient, inscrite à la craie, le mention « Frankreich ». Le seul moyen était de se glisser dans un de ces wagons ou de se cacher dans une des cabines de freinage dont certains étaient pourvus. Joul choisit cette solution et, dès le lendemain matin, il commença ses investigations autour de la gare de marchandises de la ville. Il y avait là plusieurs trains, mais presque tous étaient formés de convois accompagnés par des militaires allemands.

Désabusé, mais toutefois farouchement déterminé, il revint sur les lieux le lendemain matin, jour où on lui remit son ordre de mission lui enjoignant de rejoindre le centre de rassemblement de Hameln pour le 31 août. Un train de marchandises était là, à quai ; sur le flanc des wagons, les inscriptions « Frankreich », et point de détachement militaire à bord. En attendant la nuit, car il était déterminé envers et contre tout à emprunter ce train, il s'assit à la terrasse d'un café avoisinant et commanda une bière. A ce moment, deux cheminots portant la casquette de la *Reichsbahn* [1] s'installèrent à une table voisine. Joul les écouta discuter entre eux ; à son grand étonnement, les deux hommes parlaient le dialecte alsacien. Instinctivement, il se leva et se dirigea vers eux pour engager la conversation.

— Bonjour, vous êtes alsaciens, à ce que j'entends. Moi, je suis lorrain, incorporé de force. Je devais partir en convalescence mais les permissions ont été supprimées. Je suis déjà affecté au centre de rassemblement de Hameln, pour être certainement

1. Réseau de chemin de fer allemand.

dirigé à nouveau sur le front russe. Jamais je ne me résignerai à retourner là-bas....Dites-moi, ce train-là, à quai, doit partir pour la France ! Savez-vous quand il démarrera ? Je suis résolu à le prendre, dussé-je voyager sur les essieux de roues, mais en Russie, non je n'y retournerai jamais !

— C'est nous qui convoyons ce train qui doit quitter Amberg demain soir à 11 heures. Notre première étape est Strasbourg, ensuite Sarrebourg en Moselle.

Joul n'en croyait pas ses oreilles. Quelle heureuse circonstance et quelle favorable coïncidence ! Alors il s'enhardit :

— Vous m'emmenez avec vous ?

Les deux hommes se regardèrent, puis leurs yeux se fixèrent sur le visage de Joul qui déjà rayonnait de joie et de bonheur, et dont la détermination farouche était manifeste.

L'un des deux cheminots, le plus âgé, lui répondit :

— D'accord ! tu ne seras d'ailleurs pas le premier clandestin que nous emmenons en France. Mais ne pose pas de question. Sois demain soir à 22 heures précises auprès du château d'eau situé là-bas. Nous y faisons le plein. Pour que tu ne te trompes pas de machine, nous émettrons trois signaux à la lampe de poche. Après le dernier signal, rejoins la locomotive sans te faire voir. L'endroit est généralement désert. Sauve-toi, maintenant, et surtout « motus ».

Joul prit congé des deux cheminots avec au cœur une allégresse immense. La chance lui avait souri au delà de toutes espérances. Il rejoignit sa chambre à l'hôpital mais ne dormit pas de la nuit. Il échafaudait déjà des projets plus extravagants les uns que les autres pour la suite des événements. Ah ! comme Galina aurait été heureuse de le savoir hors de danger ! Pas un seul jour ne passait sans qu'il ait eu une pensée débordante de sollicitude pour l'ange blond avec qui il avait connu les seules heures de bonheur pendant son abominable séjour en URSS. Son impérissable souvenir l'avait soutenu dans toutes les épreuves de ces derniers mois et si ses croyances et convictions spirituelles l'avaient quitté à tout jamais, il avait gardé vivaces au fond de son cœur, les révélations temporelles de Galina qui lui avaient permis d'espérer et lui avaient donné la certitude de s'en sortir.

A toute vapeur

Joul, dans la nuit, rassembla ses quelques affaires, les lettres de sa mère, ses papiers militaires, et attendit le lever du jour. Il rencontra dans la journée les prisonniers français qui livraient le pain et la viande à l'hôpital. Il ne leur fit point part de son escapade prochaine et échangea simplement quelques mots avec eux. Il attendit fébrilement le soir et, discrètement, quitta le lazaret en déclarant à son voisin de lit qu'il se rendait à la laverie de la ville pour faire nettoyer son linge de corps.

A 19 heures, il se trouvait déjà dans les parages du château d'eau. Assis sur un banc, il observait le manège des machines venant se ravitailler en eau et combinait le chemin qu'il devait emprunter pour ne pas se faire voir.

A 22 heures, trois signaux de lampe de poche percèrent la pénombre de la nuit que seule éclairait une ampoule bleue de camouflage. En quelques bonds, Joul se trouva sur le marche-pied de la locomotive. Les deux mécaniciens l'aidèrent à gravir les marches, puis ils l'installèrent au milieu des briquettes de charbon, dans un abri qu'ils avaient prévu à cet effet. Ils bouchèrent l'orifice avec quelques planches sur lesquelles ils entassèrent une autre rangée de briquettes, laissant juste un interstice pour permettre à Joul de respirer. Il se tenait recroquevillé dans son antre étroit et ne fut définitivement rassuré que lorsque le train se mit finalement en route, direction Strasbourg. Il ne dormit point encore cette nuit-là, mais cela n'avait pas d'importance et puis il en avait passé tellement, des nuits sans dormir, qu'il en avait gardé l'habitude ! Un vrombissement gigantesque passa par-dessus le train et parvint aux oreilles de Joul par-delà le crissement des roues du convoi ; celui-ci s'arrêta brusquement en pleine campagne. Les deux cheminots extirpèrent alors l'évadé de son réduit pour lui faire assister au plus beau feu d'artifice imaginable. Stuttgart subissait un bombardement de l'aviation alliée, et l'explosion des bombes parvenait jusqu'à eux. Les flammes montaient dans le ciel au-dessus de la ville et leurs lueurs illuminaient tous les alentours. C'était un tableau titanesque et fantastique.

— Qu'est-ce qu'ils prennent dans la gueule là-bas ! déclara l'un des Alsaciens. Cela leur apprendra à glorifier leur Adolf !

— Pourvu tout de même que la gare ne soit pas détruite, renchérit l'autre.

Joul regardait sans rien dire ce spectacle terrifiant, se rappelant simplement qu'il avait subi les mêmes angoisses et les mêmes transes sous les bombardements des *Yaks* soviétiques et cela n'avait rien eu de bien réjouissant. L'aube se levait. Le vrombissement des moteurs d'avions s'était éloigné ; Joul dut réintégrer son abri sombre et étroit après avoir avalé quelques tartines et bu du café chaud servi par ses hôtes providentiels. Le train se remit en marche et traversa Stuttgart sans encombre. Le réseau ferroviaire n'avait pas subi de dégâts pendant le bombardement de la ville.

« Si tout se passe bien, nous serons à Strasbourg pour 14 heures ; surtout ne bouge pas de ton trou » lui avaient suggéré les deux mécanos. Joul, dont le corps tout entier était parcouru par des fourmillements dûs à l'étroitesse de sa cachette, subit ces tourments avec stoïcisme, en pensant que c'était bientôt la fin du cauchemar.

— Nous sommes arrivés à Strasbourg ; dans deux heures nous repartons pour Sarrebourg, en Moselle. Ne quitte surtout pas ton abri pendant notre absence et ne te manifeste sous aucun prétexte. Le mot de reconnaissance sera ton nom : « Joul. »

Telles furent les consignes qu'il reçut des deux Alsaciens. Joul attendit patiemment le départ du train qui manœuvrait pour sortir de la gare. En cours de route, l'un des deux chauffeurs introduisit dans son antre un sandwich et une bouteille de bière. Assis au fond de la niche, Joul revoyait en raccourci les événements de ces derniers mois. La guerre l'avait marqué jusqu'au plus profond de lui-même. Il se demandait s'il pourrait redevenir un homme normal, comment il s'adapterait à sa nouvelle existence car le conflit n'était pas terminé et son évasion pourrait encore avoir des répercussions sur sa famille. Toutes ces questions l'inquiétaient et il n'y trouvait pas de réponse. A travers l'interstice du plafond de son refuge, il pouvait voir les étoiles qui brillaient dans le ciel. La loco, maintenant, évoluait d'arrière en avant, et quand enfin, elle s'arrêta, Joul ne vit plus au-dessus de lui ni ciel bleu, ni étoiles. Puis une voix l'interpella en sourdine : « Nous sommes à Sarrebourg, dans le hangar à machines ; quelqu'un va venir te libérer, ne réponds qu'à ton nom, salut, et oublie-nous. »

Effectivement, une heure plus tard, un inconnu l'appela par son nom, l'aida à s'extirper de sa cache et lui montra le chemin à suivre pour sortir du garage. « Tu es à Reding ici, quitte rapidement les environs de la gare, passe par les champs pour rejoindre ton patelin et ne te fais pas prendre, ne raconte à personne, même pas à tes parents, comment tu es arrivé ici. Adieu ! » Telles furent les paroles du mystérieux personnage qui s'éclipsa vivement pour disparaître dans la nuit. Joul savait où il était. Il quitta précipitamment les lieux et se dirigea par les champs vers son village qui se situait encore à une quinzaine de kilomètres de là. Contournant les agglomérations qu'il connaissait toutes, il arriva sur les bords du canal de la Marne au Rhin dont il fallait absolument franchir un pont. Il se débarbouilla de sa crasse charbonneuse, s'assura que le pont n'était pas gardé puis le franchit d'un bond. Arrivé vers l'aube aux abords de son village, il fut contraint, afin de ne pas se faire remarquer, de se cacher dans un buisson de la forêt jusqu'au soir. La nuit tombée, il se glissa subrepticement dans le jardin familial et frappa aux persiennes de la chambre jouxtant la cuisine. Il dut tambouriner à plusieurs reprises avant de reconnaître la voix de son père.

— Qui est là ?

— C'est moi, Joul, ouvre vite !

Le volet s'ouvrit avec violence, et déjà Joul avait sauté dans la pièce et étreignait son père qui ne pouvait retenir ses larmes et dont la parole était coupée par l'émotion. Sur ces entrefaites, sa mère était arrivée pour s'enquérir de cette visite imprévue et singulière. Le choc subi par la pauvre femme dut être terrible et Joul la reçut dans ses bras avant qu'elle ne perde connaissance. Au bout de quelques instants, tout rentra dans l'ordre. Joul demanda tout d'abord à son père si les gendarmes n'étaient pas venus à la maison, car son évasion de l'hôpital avait dû être signalée et une incursion des gendarmes pouvait se produire à tout instant. Il se débarrassa promptement de l'uniforme exécré qui lui collait à la peau comme le choléra. Son père se chargea de brûler la défroque infâmante dans le fourneau de la cuisine. Du coup, il sentit naître en lui un homme nouveau. Tout à la joie d'avoir retrouvé les siens et d'être libéré du joug nazi, il se sentit délivré de toutes ses angoisses et appréhensions. Il dut mentir à ses parents quant aux moyens qui l'avaient amené au pays et leur déclara simplement qu'il avait emprunté un train de marchandises en se cachant dans une cabine de freinage. Il n'aurait pas trahi ses deux sauveurs alsaciens en disant la vérité, car il ne connaissait ni leurs noms, ni leurs origines et ces derniers s'étaient bien gardé de lui faire des confidences, ce que Joul comprenait fort bien, vu les circonstances du moment. Cependant, il réalisa bientôt que sa présence en ces lieux n'était pas sans danger. Le moment n'était point propice à la conversation et il dut prendre des décisions immédiates, tant pour lui que pour sa famille. Les Allemands étaient toujours là, et les troupes alliées arrêtées au delà des Vosges. Il lui était impossible de rester plus longtemps au domicile familial, les risques étant trop grands. Aussi prit-il congé de ses parents une heure après son apparition, en leur recommandant le silence absolu. Il se faufila à travers les rues sombres et désertes et se rendit au domicile de son ami de toujours, le fils du boucher du village qui le reçut à bras ouverts et lui offrit immédiatement le gîte et le couvert. Joul retrouva là deux autres évadés de l'armée allemande que le boucher hébergeait déjà depuis plusieurs jours. La gentille Odette, bonne de la maison, néanmoins considérée comme un membre de la famille, leur servait les repas dans la chambre du premier étage où les trois renégats se trouvaient logés. Un soir, elle pénétra dans la chambre des trois amis, complètement désemparée : deux membres de la Gestapo avaient fait irruption dans la boucherie et elle venait les avertir de cette incursion. Armés de deux poignards et d'un pistolet, les trois évadés se postèrent à la porte, prêts à tout pour sauver leur vie.

A l'étage en-dessous, le boucher servit à ses hôtes indésirables moult verres d'eau-de-vie de mirabelle et les gratifia de jambon et de saucissons, ce qui les fit abandonner les recherches initialement prévues. Ivres et comblés, ils quittèrent les lieux sans demander leur reste. Mais l'alerte avait été chaude. Et il n'était plus question de rester là. Aussi Joul, le lendemain, quitta la maison de son ami pour se réfugier à Barville, dans une ferme isolée appartenant au frère de la bouchère. Il apprit aussi que tous ses camarades d'école qui avaient été envoyés en Russie étaient morts et qu'il était le seul rescapé de ce tragique épisode. Cela lui causa une immense peine. Ils étaient huit, qui avaient répondu à l'incorporation forcée pour sauver leurs familles. Sept d'entre eux ne reverraient plus jamais leur pays natal. Cette terrible nouvelle l'affecta profondément et il revit alors les jeux, notamment les mémorables batailles de boules de neige qu'ils avaient disputées ensemble dans la cour de l'école, l'école où ils avaient usé leur fond de culotte, appris à aimer la France, chanté ensemble les hymnes à la gloire de leur pays, que leur bon maître, monsieur C., leur avait enseignés.

Joul changea encore plusieurs fois de domicile, accueilli dans les villages environnants par des amis fidèles et avenants. Un jour, vers la mi-novembre, il fut contacté par un ancien officier de réserve qui recrutait des volontaires français pour la durée de la guerre. Sans hésitation, il signa un engagement provisoire. Comme il n'y avait pas de résistance organisée dans son coin, il attendit le jour de la libération ; le 23 novembre, il grimpa sur l'un des premiers chars de la 2e D.B. qui entraient au village et partit avec eux vers un nouveau destin, volontairement choisi, celui d'un homme libre. Il avait une revanche à prendre, un besoin de se laver de l'affront qu'il avait subi sous l'uniforme vert de gris, de ne plus avoir honte et de servir, maintenant, son pays libéré de l'esclavage nazi.

Epilogue

Rapidement promu sous-officier, grâce à ses connaissances approfondies de combattant, Joul fut affecté au 4e R.T.M. stationné à Kehl en Allemagne, ville située en face de Strasbourg. Son premier objectif, après un long entretien avec son chef de corps, fut de rechercher les deux cheminots alsaciens qui avaient si généreusement facilité son évasion. Le colonel mit à sa disposition un chauffeur et une jeep pour se rendre à la Direction de la SNCF à Strasbourg, où Joul comptait bien retrouver la trace de ses sauveurs. La Direction de la SNCF s'efforça de faciliter ses recherches. Malheureusement, les Allemands, avant de partir, avaient soit détruit, soit emmené avec eux toutes les archives. Il n'existait plus de registre concernant les ordres de mission des conducteurs de locomotives de l'époque. Il ne fut pas possible de retrouver le nom des deux chauffeurs, ni leur origine et Joul rentra dépité à Kehl. Combien il aurait été heureux de remercier ces deux hommes qui avaient pris des risques énormes pour le sauver, lui, un inconnu !

Joul, décidé à faire carrière dans l'armée, accomplit successivement deux séjours en Indochine, un autre au Maroc, participa sans enthousiasme à la guerre d'Algérie, puis quitta l'armée en 1972, après trente ans de bons et loyaux services.

Joul continua à entretenir des relations amicales avec son vieil ami Phons qui avait partagé avec lui près de deux années de misères, d'abominables heures de souffrances et de peines. Les deux rescapés des terribles combats autour de Léningrad et de la plaine d'Ukraine garderont à jamais le souvenir de leur amitié scellée dans le sang, la malédiction et le malheur.

Sommaire

SOLDAT DE LA GRANDE ALLEMAGNE . 13

Le train de la honte 15
Devant Leningrad 27
Passeport pour l'enfer 43

GALINA 61

Au cœur de l'Ukraine 63
Premier serment d'amour 85
Nuits d'angoisse 103
Le rêve brisé 119

LA ROUTE SANGLANTE 129

La retraite 131
Les chars attaquent 163
Les atrocités continuent 181
Espérer et survivre 201

LES CHEMINS DE LA LIBERTÉ 221

La fin du cauchemar 223
À toute vapeur 235

Epilogue 243

achevé d'imprimer
sur les presses de l'imprimerie bialec
54000 nancy, en mars 1993

d.l. n° 29738 - 1er trim. 1993